MÉMOIRE COURTE

Du même auteur
aux Éditions J'ai lu

Treize minutes, *J'ai lu* 5605

Nicolas Rey

MÉMOIRE
COURTE

J'AI LU

À Frédérique, Marc et Olivier

« Ses mains et ses pieds, dans un dernier sursaut de volonté, se mirent à battre, à faire bouillonner l'eau, faiblement, spasmodiquement. Mais malgré ses efforts désespérés, il ne pourrait jamais plus remonter ; il était trop bas, trop loin. Il flottait languissamment, bercé par un flot de visions très douces. Des couleurs, une radieuse lumière l'enveloppaient, la baignaient, le pénétraient. Qu'était-ce ? On aurait dit un phare. Mais non, c'était son cerveau, cette éblouissante lumière blanche. Elle brillait de plus en plus resplendissante. Il y eut un long grondement, et il lui sembla glisser sur une interminable pente. Et tout au fond, il sombra dans la nuit. Ça, il le sut encore : il avait sombré dans la nuit.
Et au moment même où il le sut, il cessa de le savoir. »

Jack LONDON
Martin Eden

1

Arrive un jour où les yeux ne répondent plus. Ils ont baissé les bras, déserté. Ils disent juste: « Démerde-toi avec ton lendemain de cuite. Nous, on abandonne. On en a marre de tes absences et de tes promesses pas fiables. Voilà ce que t'es Gabriel, t'es pas un mec fiable. » Et Dieu sait que mes yeux ont déjà vu pas mal de choses. Je les entends d'ici, limite énervés, les globes rongés, à deux doigts du nerf: « Inutile de te servir des mots pour nous faire gober l'impossible. Plus personne n'est dupe de ce que tu es. »

Ce n'est pas faute de les avoir habitués, pourtant.

Je m'offre un répit avant l'irréparable. Petite lâcheté avec, en couverture, la prolongation d'un demi-sommeil. Je caresse l'espoir que tout peut encore s'arranger. Je le branle avec conviction, même. S'endormir à nouveau, oublier tout cela et me réveiller fringant, la cervelle aussi légère qu'un enfant scout dans le matin d'un petit bois, juste avant qu'il ne se promène avec son moniteur un peu plus loin que les autres.

Bienvenue dans l'après-spectacle. La matinée s'annonçait calme, presque ordinaire. Je me lève, je me marie, je me couche. Ce soir, je serai un homme bagué. Pour le reste, rien de précis. Je ne possède aucun souvenir de la nuit précédente mais la soupçonne d'avoir été héroïque, malgré tout. Je suis ainsi, à toujours fêter un maximum de trucs en une seule prise, à ne jamais penser aux premières heures du lendemain. Aujourd'hui, c'est différent. L'échappée est impossible. Le nettoyage en forme d'issue, en balancer le plus possible sous le tapis. C'est l'heure du coiffeur et de la chemise à jabot, l'heure de s'avancer les mains derrière les fesses, la tête haute. Grand un : mariage. Grand deux : appartement commun. Grand trois : vagin qui se dilate de 33 centimètres lors de l'accouchement et deux mois d'exercices pour que le trou béant retrouve un soupçon d'élasticité. L'immense panard, l'aboutissement de tout cow-boy qui se respecte. Trois paliers, comme en plongée sous-marine.

J'ouvre les yeux. Il le faut. Un plafond blanc puis un pieu immense au look de petit paradis. Je suis dans une chambre d'hôtel. Difficile d'en savoir davantage ni même de dire quel goût ont eu les heures précédentes. Juste quelques cheveux blonds presque morts sur l'oreiller. Tout s'agite autour de moi. Au premier chef, le hurlement du téléphone sur la table de nuit. À signaler aussi, les coups rageurs contre la porte d'entrée et mon portable qui appelle au secours en clignotant vert fluo. Logique, Gabriel. Absolument justifié. Tu es en état d'arrestation. Tu dois te lever. Prendre une douche vite. Conclure, en quelques minutes d'ablutions, tes trente dernières années de déconnade.

Pas de panique pour autant. Tu sais que le gueulard qui menace de tout démolir si tu n'ouvres pas dans les secondes qui vont suivre n'est autre que Denis.

Denis Bonal-Léger. Deux noms de famille, deux sexualités, deux boulots, deux nids d'amour, une libido époustouflante en guise de cervelle. Denis, le papa de la déconstruction, ma moitié sud, mon meilleur ami. Inutile donc de se précipiter pour ouvrir à qui que ce soit.

L'essentiel est de réussir à se lever. Prendre une douche. Réussir à aller prendre cette douche du mieux possible et réaliser tout le reste de la même manière. Avec dignité et sans dégueuler partout.

L'eau chaude se pointe, empressée. De fines pellicules d'orage glissent le long de ma nuque. Mes bras sont pleins d'hématomes. Qu'importe, les fesses se tiennent, malgré tout. Je décide de ne pas me défenestrer dans l'heure qui suit. L'ensemble mérite un sursis, une chance encore d'aller vagabonder dans quelques mauvais coups. Adultère. Découverte du troisième sommet pour asseoir l'équilibre précaire des deux premiers. Amour de passage : point d'appui des couples qualifiés d'« indestructibles ». Drôle de terme que celui d'indestructible. En manque de fragilité. Équilibre d'un amour : jolie mayonnaise schizophrène. Je suis pour. Archi pour. Nous sommes tous dans le même placard, coincés jusqu'à la gorge. Tous réunis sur la même route de Madison.

J'enfile un peignoir, Denis me fait face. Le réceptionniste a dû lui filer le passe. Denis, comment vous dire, le genre bûcheron avec catogan. Le genre petite vérole avec la peau pas très nette. En smoking de location, une rose en guise de pochette, plus proche du primate mafieux que de l'homme de compagnie. Il est trop chouette ainsi. « So cute », comme disent les poulettes de toute la Grande-Bretagne. Je m'apprête à déconner un peu. À lui demander par quelle suite d'absurdes galères je vais finir en pingouin dans quelques secondes au pied d'une église. Coup de chance, je stoppe net. C'est moi – et moi seul – qui ai demandé Sophie en mariage. Tout me remonte en une seule fois. Je me souviens qu'effectivement, par un soir d'été au fond du Portugal, nous étions sur l'une des plus belles terrasses existantes, Sophie et moi.

Elle venait de m'offrir son petit trou, ce qui s'avérait un excellent préambule pour le reste de la soirée. Nous étions là donc, tous les deux, en pleine savouration d'un Martini blanc, moi, Gabriel, quarante et un combats, douze chagrins d'amours dont six par K-O, moi donc, le gland encore adorablement brisé par l'étroitesse de son anus, lorsque, sur la terrasse de cette villa hypraluxueuse, un petit môme et sa tortue, que j'observais avec négligence, se planta devant nos deux squelettes au bord des crampes. Sophie la première, toujours alerte, toujours en tête de liste pour faire connaissance, retrouva la parole : « Bonsoir mon grand, qu'est-ce qu'on peut faire pour toi ? »

On pourrait croire, comme ça, que Sophie était du genre compréhensive, que j'étais tombé sur la perle rare, bénévole, utile aux autres. Mais rien du tout. Je suis tombé, comme tout le monde, sur la pire de toutes. Chez elle, comme ailleurs : tout s'achète et se transforme. À côté de Sophie, Jean-Pierre Gaillard pourrait trimer pour Enfance et Partage que ça n'étonnerait personne. Qu'est-ce que vous croyez ? Qu'elle m'a donné son cul comme ça, pour la beauté du geste ? Pour le plaisir ? Rien, c'est pas *Belle du Seigneur*, ici. Je suis arrivé à mes fins après maintes magouilles et tractations, comme tous les autres auparavant.

Donc le môme se pointe avec sa tortue et je viens d'enculer Sophie. C'est toujours classe de mettre bien profond une fille qui fut très bonne élève en classe de CM2. Le môme timide, émouvant, fin prêt pour une pub de cent vingt secondes pour les Knakis Hertas. Sophie, toujours elle, lui demande en quoi nous pourrions l'aider.

C'est à la suite de la réponse du gosse que je l'ai demandée en mariage. Je ne me souviens pas de la réponse exacte du petit con. Il a dû balancer un truc comme : « Rien m'dame, juste je vous regardais et je vous trouvais bien beaux tous les deux (puis en zoomant sur moi comme si sa courte existence en dépendait) j'aimerais vous ressembler plus tard, monsieur. Enfin rencontrer quelqu'un d'aussi jolie qu'elle. »

La déclaration du morveux adepte de la monogamie fut suivie d'un long silence. Mon deuxième Martini et mon Valium avaient pactisé, avant de devenir très potes avec le contrecoup de mon éjaculation. J'ai dit: « Sophie, veux-tu m'épouser ? » Et Sophie a répondu : « Pourquoi pas ? Il faut que je réfléchisse. »

À quoi a songé ma future épouse à cet instant précis ? Qu'un acte contre nature pouvait déboucher sur le casse du siècle ? Que le passif n'était jamais celui qu'on croit ?

Denis se pose sur le coin du lit. Ses deux mains calfeutrent son visage, rempart négligeable contre les rafales d'averse en perspective. Je connais au millimètre le plus anecdotique de tous ses songes. Je l'imagine d'ici, le frangin de dix piges, en train de pleurer la fin d'une époque, de s'imaginer avec Sophie dans les pattes à chaque tentative d'escapade, je peux le jouer sur le bout des ongles, le copain Denis. Il se lève, aperçoit une pauvre demi-ligne de cocaïne sur la table basse, ligne abandonnée, presque orpheline; se l'enfile comme si c'était de l'oxygène et dévisage sa montre avec insistance: « Gabriel, il est onze heures trente, nous sommes au Novotel d'Amiens. Amiens, Gabriel, saloperie de ville au nord de la France, limite si y a l'autoroute, tellement c'est loin. Ton mariage démarre à quatorze heures en la sainte église de La Roche-Guyon: Normandie. Normandie, Gabriel, ouest de la France. Il faut se tirer d'ici vite fait. »

Je m'habille et balance à Denis de ne pas m'en vouloir, que hormis le tout début de soirée je ne me souviens plus de la suite, et encore moins de l'assaut final en Picardie.

Alors les mains de Denis se mettent à trembler. Il veut parler en rigolant mais c'est plus nasillard qu'autre chose: « Tu te rappelles de Frank, tout de même. Frank, notre énorme découverte. »

Je n'écoute pas. Je tâche de lacer mes chaussures avec beaucoup de précaution. À première vue, les heures suivantes risquent de me demander trop d'énergie. Il poursuit : « J'ai couché avec lui. Mais ce n'est pas l'important. Gabriel, je n'ai pas aimé ce type. Ce type n'a rien d'humain. Il ne te regarde pas. Pire, il n'a pas de regard. Juste un vide tout simple et gigantesque. De quoi te foutre un vertige comme jamais. »

Aujourd'hui, en image, je conserve encore le visage effrayé de Denis. Avec cette pointe de fascination qu'il ne maîtrisait guère au coin des yeux.

2

Le soleil cogne contre le pare-brise et mes paupières. Qu'il puisse faire beau un jour pareil me paraît honteux, presque déplacé. Denis me tend un paquet de cigarettes. Je l'ouvre, un modeste espoir au fond du ventre. Je ne suis pas déçu. L'enfant chéri m'a mitonné une dizaine de joints tous plus charmants les uns que les autres, on dirait des petits frères sous un même édredon. Travail admirable. La tornade Denis, armée de ses grosses paluches, a dû se débattre en guerre quasi totale avec les OCB, aussi appliquée qu'une petite couturière lilloise. J'ouvre la fenêtre. Tant pis pour ma gorge, mes cheveux, la vitesse, j'ouvre la vitre en immense.

Je serre entre mes doigts ma deuxième et adorable cigarette. Le menton à l'air et les yeux qui plissent. J'ai l'air d'un chiot qu'on habitue à la bagnole. Je vais me marier, je suis vaincu, déjà mort, en route pour l'au-delà et c'est merveilleux. Je souris, optimiste. Rien ne sert de dramatiser, Gabriel. Souviens-toi des vacances chez ton oncle dans le Poitou, de tes trois jours à Blois, de ton opération des sinus, autant de contraintes *a priori* rébarbatives et au final enrichissantes.

Cinquième cigarette, la voiture ne roule plus, elle glisse. Je suis détaché des autres, enfin. Je n'attends rien de particulier, juste que mon sourire puisse continuer à me faire autant de bien. Le monde défile et c'est tant mieux, et c'est touchant de voir ainsi le monde, les paysages, tous ces gens qui vont s'aimer, bivouaquer des heures dans leurs salles de bains pour être beau le temps d'un dîner et puis se perdre d'un seul coup, sans savoir pourquoi, tout ça bien incrusté dans le siège passager de la bagnole de mon meilleur ami.

La voiture s'arrête, le rêve s'achève d'un coup, je ne veux pas descendre. La température au sol n'a rien d'inoubliable. J'embrasse tout de même le capot brûlant de la BMW, Denis me regarde comme si j'étais un cancéreux hyper en avance sur sa phase terminale. Du parking, on aperçoit l'église. Les jardins de la villa sont déjà bien occupés. Deux armées de composition inégale semblent camper sur leurs positions, fin prêtes à en découdre. À ma gauche, les Sivard, les riches, la belle-famille, les « avec appartement rue Môssieur-le-Prince », les dingues de la Fiac, les acheteurs d'art moderne, les rocardiens. Famille nombreuse, comme il se doit : parrains, nièces, neveux, grands-tantes, marraines, j'en passe et du meilleur des actionnaires. Définition complète du papa de Sophie : grand chirurgien, chauve, protestant comme sa femme avant lui. La seule révolte de leur fille est d'être devenue catholique. A déjà écrit un bouquin sur le Laos. Avec beau-papa, faudrait repasser dans quelques siècles pour la franche gaudriole. Monsieur ne se marre qu'en écoutant Boby Lapointe. Le fric est ainsi fait qu'il bousille tout. Combien sont-ils au bout du compte, du côté de la belle-famille ? Du côté des chapeaux interminables, du côté des protestants, peut-être cent, voire cent cinquante, allez savoir.

Déceler l'envers du décor demande un peu plus d'attention. Il faut jeter un œil attentif sous le tilleul, vers cette table excentrée de quatre personnes. Quatre pantins si mal à l'aise dans leurs habits neufs. Ce groupe n'a rien à voir ni avec l'intendance, ni avec une faute de goût. Honneur au pire de tous : mon papa. Trente années de carrière comme représentant chez Michelin, prince de la gomme, du joint de culasse et du jaja, accro des films de guerre, raciste comme pas deux. Il peut blairer personne mon papa, ni les Noirs, ni les Blancs, ni les pédés et encore moins le reste de la population, il est tout seul et fier de l'être : anarchiste indépendant, il appelle ça. En m'apercevant, il sort du jardin, se dirige vers la voiture. Je le serre dans mes bras avec tout l'amour d'un fils pour son père. Mais sa verve file, au-delà de l'excès de vitesse : « Laisse-moi te dire un truc, mon petit Gabriel, ta mère et moi-même, mariage du siècle ou pas, on va pas rester longtemps avec ces trous du cul. Y sont cent quarante et nous quatre. Tu crois que ça leur arracherait la gueule de venir nous saluer ? On a l'impression que notre périmètre pue la merde. C'est quoi le problème, Gaby ? Qu'on habite Bernay et qu'on n'est pas copains avec Jack Lang ? »

Il fait chaud, excessivement chaud. Les quelques mètres jusqu'au portail me coûtent énormément. Ma main stationne plusieurs secondes sur la poignée. Mettre un pied dans ce jardin risque d'occasionner une suite de contraintes, d'obligations incalculables. Et ce n'est vraiment pas le jour. J'ouvre malgré tout, en songeant à ces probables deux ou trois inconnues, dérivées de cousines présentes tout exprès pour pimenter l'événement. Il faut se résoudre à l'évidence, Gabriel, ce n'est même plus la peine de te mettre en quatre pour décrocher un sourire de l'une ou le numéro de l'autre. Épargne-toi le moindre regard dès à présent, mon pauvre gosse, inutile d'en baver davantage, tu auras déjà bien du travail avec les rendez-vous prochains.

Les enfants sentent le gel et la baignoire du matin. Ils te chopent le mollet « pour s'amuser » et trépignent, électriques, comme s'ils avaient reniflé toute la production d'Amérique du Sud. Déjà incapables de se planquer pour jouer au docteur dans un coin sombre, ces mômes. Je leur caresse le crâne avec gentillesse et me demande pourquoi ne pas leur arracher les tifs par poignées entières. Mes tempes deviennent moites, je ne semble pas venu sur terre pour ces après-midi pleines de soleil. Je marche, courageux malgré tout, accompagné par Denis, jusqu'au grand parasol blanc. Je capture le maximum de forces, d'ombres et de coupes de champagne. Je demande au serveur de nous servir généreusement, lui explique que nous faisons partie, mon ami et moi-même, du haut de l'affiche pour le reste de la journée.

J'ai juste le temps d'apercevoir une adolescente, un peu plus loin, mystérieux joyaux encore en retrait de l'agitation mondaine. Elle semble se faire chier. Normal, elle est jolie. Comment lui dire ? Comment lui dire que tout n'est pas comme elle, si proche de l'évidence. Eh, princesse Manga, il faut qu'on parle tous les deux, il faut que tu saches l'accumulation de soirées éreintantes, de nuits interminables, toujours plus tard, toujours plus seul, conquêtes abouties ou foireuses au bout du compte, peu importe, passé une certaine heure, tout n'existe qu'avec des balles à blanc. Je meurs d'aller voir cette petite, de la boire jusqu'à la dernière goutte et de tout lui raconter, comme l'instant ignoble où l'on rentre dans son deux-pièces, après l'ultime endroit, le énième verre, encore plus triste que la fois dernière, si seul qu'on ne peut se réconforter soi-même. Alors on se met minable, on ouvre son carnet d'adresses pour appeler le passé à la rescousse. En redoutant l'aube et ce qu'elle signifie. Tout le monde y passe, les anciennes amours et celles qu'on appelle juste dans ces moments pauvres, parce que, en d'autres occasions, on s'en voudrait même de penser à elles. Oui, je me suis tiré par la manche jusqu'à ces endroits-là, avec l'espoir de retrouver un soupçon de clémence au coin des draps et de m'endormir un peu, avant l'arrière-goût coupable du lendemain matin.

Lorsqu'on sait tout cela, petite adolescente que je feins d'ignorer, lorsqu'on ne possède même plus assez de tempo pour se terminer tout seul, comme un grand jeune homme, oui mademoiselle, on se fiance avec Sophie et ses douze sourires à la seconde. C'est une démarche vitale, naturelle, une question que l'on ne se pose même plus. La nuit, les histoires d'amour n'existent pas. Il faudrait s'y faire. À cinq heures trente du matin, les miracles sont couchés. Aucun rêve, jamais, ne viendra chambouler leur sommeil.

J'ai vu le désastre arriver de loin, en piqué sur ma frêle silhouette, coiffure aussi claire que la peau de ses joues est calcinée. Est-ce la cocaïne que vient de m'offrir Denis qui accentue mon acuité visuelle ou une simple intuition :

« Belle-maman !

— Gabriiiiiel », rétorque l'immonde.

Elle réalise une figure étrange avec sa bouche, manière pour elle de feindre la confidence : « Venez voir… Sophie est belle comme un cœur. »

Dommage que la belle-mère n'ait jamais éprouvé le besoin de travailler, elle aurait sans doute cartonné dans la vente de sacs à main. Après quelques romances, les belles-mères deviennent une sorte de fatalité, de lots quotidiens. Nous en adorions certaines, nommées dès lors avec tendresse : Jolie Maman. On aurait même couché avec quelques autres, si l'occasion s'était présentée. Inutile, hélas, d'évoquer ces femmes remarquables aujourd'hui.

Tout s'agite sec à l'intérieur de la baraque. Sans les robes et les costards, on pourrait croire à la préparation d'un attentat. J'entame le début d'escalier, ils sont nombreux à me l'avoir dit : « Sophie veut te voir. » Vers la fin, la répétition de cette phrase devenait plus sérieuse et appuyée.

Je la découvre devant une glace imposante, avec sa longue robe blanche immaculée, sa poitrine généreuse et deux dames à ses chevilles, en pleine négociation pour rectifier la chute d'un tissu. Il y a le sourire de Sophie par-dessus le marché. Elle est belle de joie comme la gagnante d'un grand concours. À présent, je dois l'avouer, et d'abord à moi-même : Sophie est une fille merveilleuse. Le genre de fille que tous les mâles s'arrachent. Une fille pleine d'amies, élue à chaque rentrée déléguée de classe au premier tour. Un corps admirable, une chute de reins à vous faire plier les genoux, un tempérament de mère poule et une perversité de bon aloi. Mais Sophie est aussi composée d'habitudes atroces et d'un passé désastreux.

Au premier regard échangé, ma femme se précipite et me demande de l'embrasser chastement sur la joue afin de ne pas « détruire son maquillage ». Je tente un truc étrange : « Avant, tu te faisais belle pour moi, maintenant, c'est pour des événements. » Mais ce jour est miraculeux. C'est un jour où l'on ne pourra pas mettre Sophie de mauvaise humeur. Sourire à peine réprobateur d'une mamie pour son petit-fils assorti d'un : « Tu sais bien que c'est faux, mon petit cœur. » Je n'ai guère le temps de répandre une autre saloperie. La voilà partie très loin, dans dix mille recommandations incompréhensibles, comme quoi, telle personne n'est vraiment pas placée à la bonne table, telle autre est à remercier impérativement car elle nous a fait un chèque « énorme » et puis d'autres choses encore : « Est-ce vraiment incontournable que ton père fasse un discours après le mien ? As-tu préparé quelques mots au sortir de l'église ? »

Et le reste à l'avenant, servi avec un sourire Milk Shake Vanille et un air de petite sœur des pauvres. C'est qu'elle nous fait de l'amnésie volontaire, la chère Sophie : l'ancienne comédienne de vaudeville, la même qui s'est tapé toute la planète *Théâtre*, histoire de décrocher le rôle du siècle. J'aimerais pas en arriver là. Devoir raconter parcours et multiples putasseries découvertes au long de nos années d'« amour modèle » pour les voisins. Bien que, hélas, sa démarche n'ait rien de très original. J'ai calmé le mal par le mal en tentant de me souvenir de ma dernière infamie (ce n'était pas la peine de remonter bien loin). J'avais été dans le désordre : infidèle des centaines de fois, violent, odieux envers ce brave théâtre national où elle travaille, souvent désagréable et à coup sûr méprisant presque tous les jours. Une fois, j'ai fauché l'une de ses bagues pour l'offrir à une autre.

Ces détails sont le ciment de notre mariage. Être ignoble vous rapproche de Sophie.

Le carré de lépreux se trouve bien ancré près du bar. Je leur annonce qu'il faut mettre les voiles vers l'église. Les oreilles de mon père et de Denis sont incandescentes. Le premier prédit que tout cela risque de finir dans un bain de sang et le second m'informe que son dernier sachet de cocaïne est introuvable.

Mais Sophie m'a chopé le bras et tout est allé très vite. Nous sommes sortis du village sous les saluts des riverains. Je me souviens qu'arrivé sur les marches de l'église, j'ai pris ma mère par le bras avec respect et précaution. Je voulais la protéger de tous ces regards assassins. Nous sommes allés vers l'autel alors qu'un chœur très classe demandait à Jésus que sa joie demeure.

Je regarde le curé fixement. Le type ne présente que peu de ressemblance avec mes rêves de gosse. Le jour de mon mariage, je l'ai vécu une première fois à treize ans, avec Suzy Rodinguer, habitante de Bochum, Allemagne, au détour d'un échange scolaire. À cette époque, je voyais en l'Union sacrée un vrai paradis et même beaucoup plus, le soir, avant de m'endormir. C'était l'époque où Vic était le prénom de Sophie Marceau dans *La Boum*, l'époque où Maxime Bossis avait foiré son penalty à Séville, en demi-finale, tout le monde disait qu'il ne fallait pas lui en vouloir, je lui en voulais un peu quand même. J'ai souvenir de ces journées presque une par une pour ne pas dire heure par heure. Durant six matins, ma vie s'est réduite (et le choix du verbe « réduire » est bien sûr un mauvais choix) à capter l'un des sourires de Suzy, entre huit heures douze et huit heures trente et une, lors de son passage dans le hall du collège. Il y avait ce car scolaire aussi, qui les emmenait en expédition et les ramenait tous les soirs. Nous avions échangé quelques mots juste avant son départ.

J'avais appris une phrase par cœur : « Suzy, du bist wunderbar und ich liebe dich. » Je n'ai pas souvenir d'avoir été aussi sincère avec une fille, depuis.

J'ai écrit à Suzy très souvent, sans succès. J'ai fini par l'oublier. Et le « S » gravé au compas sur mon épaule n'a jamais provoqué d'infection.

Je ne perds toujours pas le curé des yeux. Je comprends que Sophie arrive aux frottements de fringues dans l'assistance, aux souffles admiratifs et contenus. Pour une fois que des protestants en faisaient trop.

Nous avons dit « oui » tous les deux. En sortant, les familles applaudissent sans euphorie particulière. Au dîner, j'ai mené un long combat pour ne pas enchaîner les verres et les cigarettes. Denis se levait toutes les cinq minutes mais inutile de balancer pourquoi (pour se rafraîchir le nez dans les toilettes parce qu'il avait retrouvé *le dernier* paquet et je l'enviais d'ailleurs vachement sur ce point précis). Le plus terrible était ailleurs, dans les bandes annonces que faisait Sophie à Jeanne B., présente à notre table (une comédienne de la pire espèce, absolument vénérée par ma femme, ne me demandez pas pourquoi). Ces dames ont donc parlé théâtre toute la soirée. Flot de paroles continu et fond sonore appréciable vu le délabrement des troupes. Tout y passe, de la merveille d'un théâtre engagé, sorte d'« îlot de résistance », aux joues rouges de Sophie, déclarant qu'il y en a marre du superficiel, qu'en 1933, tout le monde était superficiel et que *voilà* où ça nous a menés.

Jeanne approuve, l'air grave. Alors que ces damoiselles discutent écriture contemporaine et mise en scène minimaliste, je me penche vers Denis et lui demande de placer discrètement une bouteille de whisky près des chiottes.

Je suis revenu nickel, enfin libre, aérien presque. J'ai jeté un œil autour de la table avec nonchalance. J'ai refusé le trou normand que l'on me proposait. La Normandie commençait à me courir pas mal. Je voulais Paris et mon appartement sur la Butte. Un bar sombre et une touriste hollandaise. Je suis ainsi, une sorte de vautour, le genre de type capable au travers d'une chemise de nuit d'un aller simple pour le reste du monde.

Le repas est un vague souvenir dans la digestion des gens. Il ne reste personne ou presque. Même les bouteilles de champagne ont toutes rendu l'âme. Si ma femme était partie se coucher, la soirée aurait pu étendre véritablement ses bras. Tout s'y prêtait puisqu'il ne restait que les pires. Denis et quelques autres erreurs de casting.

Nuit de noces. Je ne la sentais pas trop mal, après tout, cette nuit-là, tout en douceur et pilotage automatique. Mais Sophie est arrivée la première, visiblement écœurée par tout ce que j'avais bu, elle a tracé direct vers la salle de bains. Au retour, son visage fut un peu moins sévère. Elle a sans doute songé que c'était le soir ou jamais pour feindre la légèreté.

Elle s'est allongée sur le lit avec de nouveaux sous-vêtements dingues et sans doute hors de prix. Elle m'a donné le nom d'une marque dont je ne me souviens plus. Ce devait être sa vision d'une nuit de noces réussie. Comme si l'apprêt pouvait tenir lieu d'élégance.

Je fis donc l'amour, puisque les circonstances étaient favorables. La réciproque n'a rien d'exact. Sophie était plus proche de la concession que du partage.

À l'issue de cette longue nuit, j'aurais apprécié que quelques couche-tard frappent à la porte et nous fassent déguster l'une de ces soupes imbuvables. Mais rien.

Il est vrai que nous n'avions pas tant d'amis que cela.

3

Gabriel Salin, trente et un ans, marié depuis deux jours et bien décidé à en tenir compte. Demeurant au 42 avenue Junot, dernier étage, encore pour quelques semaines. Dernier étage, comme c'est drôle. Il va falloir redescendre. Bienvenue chez Gabriel. Inutile de retirer vos chaussures, autant mettre un sparadrap sur une tumeur au cerveau. Passé un certain stade, aucun semblant de propreté n'est récupérable. Ce n'est pas faute d'avoir essayé de prendre soin des lieux et de la poussière. Mais c'est un peu comme dans la vie professionnelle ou sentimentale, je fais gaffe les premiers jours, puis ensuite, je laisse les choses se faire.

Les symptômes me sont parvenus lors des préparatifs de dîners, à l'instant où j'ai préféré l'indulgence des bougies à l'implacable état des lieux des ampoules électriques. Puis, par ordre chronologique, ce fut le tour de la salle de bains. J'ai mis un certain temps avant de comprendre que mes amis (tous sexes confondus) s'éclipsaient chez mon voisin pour prendre leur douche. À présent, moi aussi.

Gabriel Salin, trente et un ans et des microbes, le radio-réveil branché sur neuf heures quatre en permanence.

Lundi, dix heures et nous y sommes, tout commence à craindre sérieusement. Je hurle de l'intérieur: pourquoi donc? Pourquoi donc suis-je toujours en retard le matin depuis que ma mémoire existe ? Tâche de te souvenir d'une seule journée où tu aies pu faire la nique à ton réveil, Gabriel. OK. Je me souviens d'une, mais c'est un truc trop perso à balancer. Un souvenir inracontable. J'avais dégommé le machin une bonne heure avant qu'il ne se mette à grésiller, pensez donc, tous mes dix-sept ans dépendaient de ce matin-là. On doit être pas mal à avoir connu ce vertige. Cette sensation d'être venu au monde juste pour déguster dans l'urgence les quelques heures d'une courte journée. Ensuite, il nous reste les projets.

Qu'est-ce qui fait encore de moi un type à la verticale ? Un type qui ne reste pas au lit jusqu'à dix-sept heures et des poussières. Mon travail ? Mes amours ? Un intérêt quelconque à quoi que ce soit ? Non. Je suis un type à la verticale par défaut.

Mon sauveur est une sauveuse, animatrice de radio. J'ai nommé la seule, l'unique, l'admirable, la plus chiante des ondes solaires : VICKY ! Vicky Mollet et son émission de dix heures : *Toute la vie*. Merci à toi, Vicky, sans tes sujets mémorables : « Retrouver l'harmonie après l'accouchement, Mon bébé est né en prison, Comment combattre les excès », sans tous ces choix gigantesques, électrisants de déprime, jamais, je le jure, je n'aurais trouvé le courage d'émerger depuis deux ans. Vicky, cher amour, c'est merveilleux, tout chez toi m'est insupportable. Je te déteste entièrement. Ta voix, tes invités, ta lenteur, ta soif de proximité, tes passions ménagères, tout.

Aujourd'hui, le choix de Vicky Mollet fut : « Faut-il douter des vaccins ? »

Bonne, admirable Vicky.

Je rentre dans le métro assez fier tout de même. D'abord il est dix heures quarante et j'ai connu des horloges plus angoissantes. Ensuite, je suis capable de définir mon week-end, du samedi au dimanche, et cela sans interruption. Le métro divise l'humanité en deux catégories. La première sourit à la vue d'un bébé ou d'un chien. La seconde ne peut s'empêcher de mater un cul qui passe. Seule la seconde mérite d'exister.

L'angoisse me saisit toujours au même endroit. À la sortie de la station Ranelagh, à l'instant où mes yeux se penchent sur l'heure du premier parcmètre croisé (je n'ai jamais porté de montre, question d'élégance). C'est bon, définitif, le jugement est clos, je suis affreusement en retard.

Respire Gabriel, respire, va même prendre un café, passé une certaine heure, plus personne n'est à cinq minutes. Souviens-toi du concept inventé un soir de cuite avec ce vieux Denis : être *chimique* ou dépérir. Qu'est-ce que la *chimique* attitude ? Difficile d'en expliquer des tartines, nous avions seulement beaucoup picolé, Denis et moi. La cocaïne nous avait rendus grands et fiers de l'être. Je me souviens que le terme *zen* ne nous convenait pas du tout, rapport à son côté hygiénique, coquille d'œuf et biscotte au blé d'élevage. Alors, nous avions décidé de prendre soin de la chimie comme d'un enfant malade.

Je dois me lancer, la honte au ventre. Je travaille au service communication de France-Télévision, France 3, plus précisément. J'ai le statut d'attaché de presse mais pas la fonction. Faut pas déconner non plus, j'ai ma fierté, comme tout le monde. Mon travail consiste à rédiger les bandes-annonces radios de la chaîne. Le mec qui le matin vous pourrit l'existence au moment des pubs en quatre-vingts mots, c'est moi. Exemple de bande-annonce à imaginer avec la voix grave d'un comédien affamé de synchro et de voix off, « en attendant mieux », comme ils disent toujours :

Question : Je suis un jeu de divertissement instructif et célèbre, je fête ce soir ma six centième émission avec la finale des polytechniciens. Vous pouvez jouer devant votre écran et vous enrichir en sport, histoire, politique, sciences des arts et de la nature, tout cela dans la joie, la bonne humeur et la mort qui ne saurait tarder, je suis, je suis… (Voix idiote d'une nana idiote)*:* Questions pour un champion, *final des masters des polytechniciens, ce soir 20h50 sur France 3.*

Voilà, vous pouvez compter, quatre-vingts mots. Maintenant je peux raconter n'importe quoi en quatre-vingts mots, il suffit de me payer.

Je sers la main de Michel, le gardien de la porte B. Un jour, je lui ai dit que j'habitais Montmartre. Depuis, il me balance un chouette sourire à chaque arrivée et me gratifie d'un « Salut Montmartre » tonitruant. J'aime beaucoup Michel. Je l'envie même parfois. Rien ne distingue mon copain Michel de moi-même. Juste que l'un de nous deux a couché avec la bonne personne au bon moment et que j'en m'en tire très bien sur ce coup-là.

Huitième étage. Lente ouverture de l'ascenseur. Je descends les Ray Ban de mon front et décide d'arriver masqué, en bon ravisseur qui se respecte. Le couloir est interminable et je marche vite, dédaignant même un geste à mes deux seuls compatriotes, Martine et Justin. Je passerai les saluer tout à l'heure. Je suis pour l'instant seul en territoire ennemi. La moindre porte entrouverte reste un piège éventuel. Bureau 4221, nous sommes trois. Le premier est grand, sec, les épaules étroites, et nous l'appelons Jovar. Jovar est l'attaché de presse de tout ce qui concerne la culture. Très vite, si vous le rencontrez, il vous dira qu'il lit le grec dans le texte et qu'il a manqué « de très peu » l'agrégation de philosophie. Jovar est également incollable en musique classique, ce qui ne l'empêche pas d'être un peu agressif et rancunier. Lorsque je débarque, il grommelle un truc comme « les derniers arrivés seront les premiers servis », mais je simule le type ailleurs, détaché des choses matérielles, le travailleur à son bureau depuis déjà pas mal de temps. La deuxième colocataire claque la porte, et s'adresse à

Jovar comme si je n'existais pas. Ces deux-là font souvent comme s'ils étaient seuls au monde. Elle, Fabienne Poulain, son domaine, c'est les documentaires de société. Peut-être la fille la plus dangereuse du service avec son côté « investie d'une mission ». Poulain est convaincue que son job peut être utile à quelque chose. La chaîne diffuse un documentaire sur le dopage, mademoiselle enquête pendant dix jours, rencontre les journalistes et nous pond un dossier de trois cents pages sur l'historique des piquouzes et tout le reste : « Déjà, nos ancêtres les Gaulois se gavaient de potion magique, etc. ». Bref, Fabienne Poulain est de celles qui prennent des initiatives. Elle s'affirme même en pole position de cette espèce proprement épuisante.

Bien qu'ils me considèrent comme un parasite intoxiqué, j'ai droit en cette fin de matinée à la question subsidiaire :

« Alors ce mariage, c'était comment ?

— Pas trop mal. »

Je me lève et – façon de dégager en touche – décide de retrouver Justin pour un rituel expresso. Justin approche de la retraite. Il est le responsable administratif du service. On le verrait facilement dans un second rôle de gangster. C'est un vieux beau caractériel, alcoolique et charmant. Un faux cynique avec le cœur du Petit Prince. Il passe le plus clair de son temps à jouer sur un ordinateur au Solitaire. C'est un jeu qui lui convient vachement bien. Je m'apprête à rentrer directement dans son bureau, comme d'habitude. Mais la porte est fermée. J'aperçois Justin un peu plus loin, à l'autre bout du couloir. Son visage ne me dit rien qui vaille.

Le barman du self nous apporte un second scotch. L'heure encore matinale correspond difficilement au contenu de nos deux verres. Le regard d'autrui se fait plus condescendant.

« Le problème est pas que tu me réveilles à quatre heures du matin pour me refourguer un stagiaire. Le problème est pas là, fiston. D'ailleurs, et j'espère que ça au moins, tu t'en souviens, je t'ai répondu par l'affirmative illico. Non, le problème tu vois, c'est la manière avec laquelle il a débarqué dans mon bureau, cette dégaine de prince arabe. Cet air d'en savoir un peu trop.

— On m'a dit qu'il était roux.

— Exact, mais dans l'attitude, il ressemble à ces rejetons dont le papa s'en est foutu plein les poches grâce à la mafia russe.

— Où est-il ?

— Je lui ai dit d'attendre en salle de réunion.

— Depuis neuf heures du matin ?

— Ouais... Y m'a pris de haut, que veux-tu. Il a pas été assez vigilant pour un début de semaine. »

J'y suis allé direct, avec une gêne compréhensible. Lespinnasse était une énigme, je ne me souvenais pas de notre première rencontre. Je lui en voulais d'être entré dans la légende avant même un début de contact.

Le cou est puissant et musclé. Les cheveux sont roux, effectivement, jusqu'aux épaules. Il doit falloir s'y mettre à plusieurs pour briser un type pareil. Il est là, debout, les pieds ancrés sur le vieux carrelage de cette grande pièce anonyme. Il irradie tranquillement, presque féminin, malgré tout. Moi, je flaire les emmerdes à venir en quelques secondes. Je prends le maximum de respiration pour le congédier de toutes mes forces.

Mais il commence à sourire. C'est un sourire d'une grande douceur, comme je n'en avais encore jamais connu. Alors, j'ai commencé à accorder à Frank Lespinnasse ce que le reste de l'univers allait bientôt lui octroyer. J'ai décidé de tout lui pardonner, sans raison ni marchandage.

Retour au 4221 accompagné de Frank. Angoisse. J'imagine les futurs sarcasmes de mes deux voisins. Au regard de mon travail, l'assistance d'un stagiaire n'a pas lieu d'être. Je me contente de draguer les stagiaires des autres. Frank se place devant Jovar sans la moindre hésitation. L'autre, assis, lève les yeux vers son menton parce qu'il ne peut pas fairc autrement. Frank lui tend la main, Jovar me jette un œil noir et dégage mollement ses doigts de la table, comme un paresseux pris au piège. Fabienne Poulain préfère l'attaque de revers : « C'est très relationnel des années quatre-vingt, ça, de serrer la pince aux gens qu'on ne connaît pas. »

On ne peut même pas dire que Frank ait mal encaissé, au contraire. La moindre tempête le faisait avancer encore plus vite. Il a demandé à Poulain, à ses grosses joues et à sa coupe au bol, si elle aimait les concertos. « Pas des masses, non, je préfère l'information.

— Dommage, a rétorqué Frank, la musique a le don de rendre les gens un peu plus jolis. »

Cette remarque a légèrement scotché tout le monde, il y a eu une sorte de flottement, égorgé vite fait par mon nouvel ami Frank : « Je suis ravi de vous connaître. Les rencontres possèdent d'inombrables tiroirs et tous méritent d'être essayés. »

Je suis allé rejoindre Justin et Martine pour le déjeuner sur cette phrase énigmatique. Nous étions nombreux dans l'ascenseur mais j'étais le seul à me mordre l'intérieur des joues pour ne pas rigoler.

Le restaurant s'appelle le Biblos et la nourriture n'est pas sa priorité. Il reste notre planque favorite. L'endroit où les autres ne s'aventurent jamais. Martine, petite blonde ravagée, est depuis deux ans déjà assise lorsqu'on arrive. Nos sueurs froides s'évanouissent à la fin du deuxième kir-champagne. L'alcool nous offre, par petites flammes, un soupçon de sérénité et de douce euphorie. Rien d'autre ne pouvait nous réunir à une même table, sinon ce besoin de désamorcer les guillotines qui sévissent dans nos ventres. On est là, aux trois quarts d'une autre bouteille de bordeaux, enfin tranquilles, rêveurs, optimistes et presque amoureux. Tout juste si on ne se surprendrait pas à refaire quelques projets, à se lever devant l'avenir pour lui balancer un gros coup de tête. Ce midi, le fond sonore vient de Martine qui recommence avec son énième récit du voyage de presse au Maroc, en compagnie de son copain Eddy. On le connaît son périple, mais on l'écoute quand même, question de respect mutuel entre intoxiqués : « Eddy, ce con, y voulait du Jack Daniel's dans une mosquée en plein après-midi. Y disait : le thé à la menthe, c'est bon pour les gastros et encore. Le serveur voulait pas en démordre. Impossible, qu'y rabâchait : ici c'est musulman. Alors Eddy, tu le connais, peur de rien le malabar ! Le v'là qui retire ses santiags en peau de serpent véritable et qui les file au serviteur en guise de troc. Me croyez pas si vous voulez pas me croire les copains, mais pile quinze minutes montre en main plus tard, ce bon vieux Jack D. rappliquait sur not' table en deux bouteilles identiques. »

La période faste se déroule entre seize heures et dix-sept heures. Retour euphorique au bureau, nous sommes invincibles et beaux, nous puons le pinard et nous nous tenons par les coudes. Au téléphone, Martine insulte de sa voix rocailleuse le premier journaliste qui désire une cassette : « T'as pas vu l'heure qu'il est, connard ! Qu'est-ce tu crois que c'est ici, un vidéo-club ! L'Armée du Salut ! »

Justin lui, c'est différent, la bibine le rend sensuel et chaleureux. Il chope vite fait la première stagiaire qui passe, colle son haleine près de l'oreille et sa jambe contre la jupe. Avant de mettre les voiles, on se prend rapide une bière au comptoir. Au moment de s'en aller, Justin balance toujours la même phrase : « Ce soir, j'écris mon roman ! »

Au début, je faisais même semblant de le croire.

Il s'agit de faire vite. J'ai rendez-vous avec Sophie au Cinéma des cinéastes pour la projection d'un film égyptien. Juste le temps de repasser par la cuisine me confectionner un mort à Paris (un tiers de rhum, un tiers de whisky, deux tiers de champagne), et de rejoindre ma femme-depuis-juste-deux-jours au milieu d'une longue file d'attente composée d'élites intelligentes avec lesquelles je jure ma tête de ne jamais partir en week-end. Je me dirige vers Sophie et nous ne nous quittons plus des yeux. Je tâche de ralentir le pas, je sais qu'elle est belle et j'aimerais ne pas l'avoir oublié.

Sophie, où es-tu ? Je te pleure, crois-moi, j'ai honte, tu n'y es pour rien, tous les mariages naissent pour les mêmes raisons. Comme si la peur pouvait résoudre quelque chose. N'écoute plus ces comédiens qui te disent que notre union manque d'amour. Qu'on ne vienne plus faire chier avec l'amour au-delà de la première semaine. Et Dieu sait que j'ai pu te chérir, mon amour, au commencement. Maintenant, il ne me reste que le pire, comme à tous. Et je respire au maximum avant de te prendre dans mes bras et de te mentir, une fois supplémentaire, en te murmurant que tu m'as manqué aujourd'hui. Et je troquerais bien ma mère à l'instant même contre deux Valium. Il fait lourd ce soir et les humains sont trop proches les uns des autres. Je connais ton dernier rêve de jeune fille, Sophie : que l'on emménage ensemble, et je vais m'y tenir, en mémoire de ce que j'ai pu ressentir pour toi. Je connais notre pacte et dans trois semaines, comme promis, nous vivrons ensemble. J'ai à peine le temps de t'embrasser, de te dire que rien n'est grave puisque la mort des couples est universelle, qu'un type se plante devant toi, vêtu d'un pull-over informe avec de nombreuses pellicules sur les épaules. Il semble anxieux du moindre détail, prêt à défendre bec et ongles la plus petite université. Il t'embrasse en appuyant fort sur tes joues, me serre mollement la main, qualifie cette fortuite rencontre de « vrai bonheur » et rédige son nouveau numéro afin que tu puisses l'appeler « dès que possible ».

Je fais deux pas pour vous laisser « entre amis » et me précipite à l'autre bout du monde pour y trouver la fuite, l'asile, la respiration.

Tu me rattrapes alors que je bataille sec pour gauler un taxi. Tu es en larmes et ne « veux pas d'un ours comme mari ». Miracle, je parviens à ne pas te détruire sur place. Tes pleurs redoublent d'intensité. Je t'entends hurler : « Tu n'auras donc jamais confiance. »

Non Sophie, je n'aurai jamais confiance. Je sais trop ce que je donne au jour le jour pour faire confiance à qui que ce soit.

Fatigué par la journée, par cette engueulade, par les semaines qui m'attendent, par cet alcool, je regagne l'avenue Junot. Est-ce encore possible de rentrer chez moi ? Je peux ouvrir la porte et, sur la droite, me préparer des cocktails dans la cuisine étroite. C'est ensuite que l'aventure se corse. Trop de bouteilles vides, de Kleenex usagés, de linge, de souvenirs, de bivouacs, d'inconnues qui débarquent l'air de rien, l'espace d'un soir, pour finir le temps d'un week-end.

Je me suis contenté de prendre la lettre accusant réception de la résiliation du bail et j'ai tout refermé. L'écran de portable indiquait Denis en clignotant pour la troisième fois. Je savais ce que cela signifiait, alors je n'ai pas répondu. Je n'étais pas de taille, un lundi soir, à me persuader que la femme de ma vie m'attendait sagement dans un bar à putes vers cinq heures du matin. Je suis allé sur le palier d'en face. Chez Benoît, le propriétaire. Il fallait frapper longuement avant qu'il n'ouvre : de multiples verrous protégeaient sa porte. Sa tendresse pour eux était infinie. Il avait attrapé ce tic dans le début d'un bouquin qui n'avait pas marché.

Jusqu'à l'âge de trente ans, Benoît était un baroudeur, de Dublin à la Thaïlande, bien plus proche aussi et bien plus loin encore. Un jour, Benoît a baissé le rideau de fer. Fermeture annuelle prolongée sur quarante ans. Benoît a le câble, l'impôt sur les grandes fortunes, la plus belle collection de porno amateur de toute l'Europe ainsi qu'une cigarette inexorablement collée aux coins des lèvres qui lui fait plisser les yeux avant même qu'il ne parle. Cheveux sales, bermudas à toute épreuve et tatouage sur l'épaule gauche. Il ne sort jamais de chez lui, se fait livrer l'alcool, la bouffe et la dope jusqu'à épuisement du dernier muscle. Avec Benoît, on peut rire de tout mais pas sur n'importe quoi. Par exemple, son fauteuil est devenu SON fauteuil. Il est central, essentiel. Ça le rend dingue dès qu'on le déplace. Benoît reçoit encore un peu chez lui. Mais très peu, le moins possible. Il m'accueille d'un « Salut à toi, homme marié », et s'installe à la place du chef: SON fauteuil. Il sort avec précaution son matériel à chocolat. Plateau miniature, baguette de resto asiatique, sachet imperméable, Benoît est un type très organisé dès qu'il s'agit de perdre les pédales. Pas le genre à rater sa vie du jour au lendemain, bien au contraire. Il y met beaucoup de plaisir, de lenteur et de précision.

Je lui raconte le soir précédent mon mariage dont je ne me souviens plus, la cérémonie, la nuit de noces, le drame de tout à l'heure devant le cinéma. Je lui raconte mon appartement où je ne peux plus mettre les pieds et que je vais délaisser dans une poignée de semaines, voire dès que Sophie aura mis la main sur notre « nid d'amour ». Je lui murmure enfin que les jours passent et que le vide s'agrandit.

Il rigole et me mate par en dessous, le pétard en main, expire un bon coup et me confie sous un ciel nuageux: « À vingt piges, j'allais me cramer le sang dans toutes les caves de Lyon. Au retour, je reprenais le volant. C'était si difficile de conduire que j'ouvrais la portière et me penchais sur la route pour suivre la ligne blanche. »

Je me sentais très proche d'une telle attitude.

4

Jovar est un type que je ne déteste pas. Tout du moins pas comme ça, pas vraiment. C'est juste qu'il mange des sandwichs le midi et que je n'arrive pas à comprendre comment c'est possible ; c'est juste qu'il ne baise jamais parce que « les filles font souffrir » et que là aussi, quelque chose m'échappe. Parfois, j'ai tenté de lui faire partager mon amour pour un livre, mais sa réponse fut ponctuée d'une moue réprobatrice : « Pour moi, Gabriel, la littérature s'arrête à Saint-Simon. »

Il est ainsi fait, Jovar, à ne jurer que par les vieilles personnes et les chants grégoriens « parce que la jeunesse n'a pas d'âge, Gabriel, la jeunesse est un état d'esprit ». Je ne demande qu'à le croire. Mais c'est toujours difficile de croire quelqu'un qui porte des chemises tristes aux manches trop courtes. Quelqu'un qui prend du plaisir à discutailler des heures entières avec Fabienne Poulain. Qu'importe, j'aime bien Jovar, un peu comme un présentateur télé peut admirer son nègre normalien, surtout dans les moments où Jovar plante ce qu'il entreprend, ce qui est presque toujours le cas.

Il a tout essayé pour s'en sortir, de la production à l'écriture en passant même par une nouvelle forme de prostitution. À chaque reprise, les portes ont claqué sur ses ambitions, avec méchanceté et sarcasme.

La dernière fois, ce fut par téléphone et j'ai tout de suite compris. Je n'ai pas rigolé. J'avais juste de la tristesse et plein d'amour en moi pour lui. Il s'est levé pour se tenir bien droit, les joues rougies par l'humiliation. Il s'est approché de mon bureau et m'a piqué une cigarette. Je n'ai rien osé lui dire. Même Poulain regardait son clavier. Il a fait son cartable comme un écolier que l'on congédie pour un motif injustifiable. En sortant, il n'a rien trouvé à dire. Peut-être que Jovar est dans le vrai, au bout du compte, peut-être que c'est tout simplement l'époque qui n'a rien compris, l'époque qui « n'est pas à la hauteur ».

Aujourd'hui, Jovar n'est pas là. Je regarde sa place vacante avec nostalgie. Lespinnasse a charmé mon « collaborateur » le temps d'un thé au distributeur ce matin. Il n'a pas eu besoin d'abuser de toutes ses cartes, s'est contenté de l'écouter. Jovar attendait depuis si longtemps que quelqu'un l'écoute.

Il a démarré à plein régime et – dans la foulée – a invité le grand roux à l'enregistrement d'un requiem pour violon et harpe.

Cette bande-annonce va-t-elle me coûter ma place :

Il n'y a plus d'amour, plus de femmes qui jouissent pour la première fois, plus de choses à voir et à entendre. Il n'y a plus rien à lire ni à envier. Il n'y a plus personne. Il n'y a plus rien à attendre de quelqu'un qui se déshabille. Il n'y a même plus à discuter de ce qu'il reste.

Il ne reste que l'inspecteur Derrick.

Inspecteur Derrick, *ce soir 20h50 sur France 3.*

Je descends l'enregistrer au studio malgré tout. Je titube presque, tant les quelques mètres qui me séparent du « bonjour » au comédien me pèsent. Je vomis les comédiens. J'ai beau les choisir bien gras pour les bandes-annonces, bien pauvres, avec deux divorces et quatre enfants sur le dos, je les vomis malgré tout. Je ne suis pas responsable de cette guerre. C'est eux qui ont commencé, lorsque Sophie était adolescente. C'est EUX qui l'ont fait rêver avant moi, avec leurs rêves de chiottes en guise de nom en haut de l'affiche. C'est pour EUX, inconsciemment, qu'elle travaille dans un théâtre, qu'elle dit : « Le théâtre, c'est toute ma vie. »

Parfois, les soirs d'alcool et de courage, je me rêve immense, les dégommant une fois pour toutes. Un homme devrait avoir honte d'être comédien. Ou alors s'appeler Bernard Menez.

La porte du studio est entrouverte. Le technicien discute avec un type jeune, plutôt bien foutu. Je m'approche, les nerfs serrés comme des poings. Le beau jeune homme me sourit, me raconte qu'il remplace au pied levé son vieux camarade bedonnant et malade.

Je ne réponds pas à sa main tendue. Ne le regarde pas. Ne lui parle pas. Je m'astreins juste à une petite moue, mimique explicite destinée à lui faire comprendre à quel point sa planète est inférieure à la mienne. Le technicien me dévisage, abasourdi. Je sors, sans un mot, et remonte à mon bureau. J'appelle le technicien : « Vire-moi ce type, j'ai trouvé quelqu'un d'autre. »

Je me pointe chez Justin avec le texte pour qu'il le fasse. Justin a une voix grave et puis comédien, tout le monde peut le faire. Il semble flatté et réjoui par cette demande, puis, après avoir lu le texte, mon ami refuse. Motif : le texte serait trop « décalé ».

Je descends donc enregistrer ce putain de texte moi-même. La trentième prise est la bonne. Le technicien me regarde d'un drôle d'air, m'administrant une sale angoisse, comme si j'étais quelqu'un de mal barré pour la suite de l'existence.

Troisième mort à Paris (un tiers de rhum, etc.), dans les profondeurs d'un fauteuil qui se doit d'être le mien encore pour quelques semaines. J'ai baissé les stores et allumé une lampe à éclairage indirect. Il faut toujours laisser briller un peu de lumière, au cas où. Il faut également se laver les dents et mettre de l'eau sur son visage. Sophie m'attend chez elle pour dîner. Je dois m'y rendre et si possible, être à l'heure. Je dois arrêter les drogues avec Benoît et les nuits sans fin au côté de Denis. Je coupe mon téléphone pour éviter la tentation. J'en profite pour laver ma queue, aussi.

J'ai acheté des fleurs pour Sophie mais croisé une fille seule dans la rue alors je les lui ai offertes. Ma femme ouvre à la seconde sonnerie. Elle sent la salle de bains, les efforts de maquillage et le sous-vêtement à coup sûr admirable. Je vais devoir me fendre d'une « discussion », parce qu'il faut « crever l'abcès », parce qu'il est vital, après une dispute, de ne pas trop attendre pour « recoller les morceaux ». À table, son entrée se compose de poids chiches pilés à la coriandre. C'est excellent et même très fin. Sophie s'inquiète pour moi. Elle me trouve irritable et amaigri. Peut-être que je bois trop, suggère-t-elle. Sophie a des idées « incroyables » de décoration pour notre futur appartement. Une ambiance à la marocaine, « comme dans un vrai Ryad ». Sophie me relance pour New York. Parce que ce serait « formidable » comme voyage de noces. Parce que New York est une ville où il se passe « toujours quelque chose », une ville « où même les petits déjeuners sont délicieux ». J'ai beau chercher, je ne vois guère comment il pourrait se passer quoi que ce soit.

Puis, une rage froide me déchiquette le ventre. Je me rappelle précisément avec qui ma femme est allée à New York pour la première fois. Il s'appelle Stanley M. et ce type est comédien.

Il ne ressemble pas, hélas, à ceux flingués à la suite d'une école de théâtre, terminant à quarante piges dans une pub pour les éponges Spontex. Rien de tout cela avec ce chien à gueule d'ange. Non, ce type est devenu célèbre. Rendez-vous compte. On le voit partout, films et magazines, faire la pétasse dans des dîners aux côtés d'autres pétasses. Mon rêve intime à jamais réalisé par un ex de Sophie. Et Sophie ose me parler de New York. Voilà comment sont les femmes.

Pourquoi tant de bêtise, d'absence de délicatesse, de méchanceté ? Me flairant limite, elle annonce : « Tu sais mon ange, à chaque fois que tu sens des ondes négatives monter en toi (un temps)... comme un sentiment de jalousie par exemple (le mot est lâché), dis-toi que mon passé, mes rencontres... c'est aussi ça qui m'a construit, ça qui fait que tu m'aimes aujourd'hui. »

Je songe au passé de Sophie. J'imagine son nombre de « rencontres ». Bel exemple du nouveau langage contemporain. Sophie dit « rencontre » à chaque fois qu'un comédien lui a bourré le cul.

Je dois passer outre ce détail parce que je suis un animal social, intelligent et doué de culture. N'empêche qu'elle dit « rencontre » à la place de « il m'a bourré le cul » et que c'est révoltant.

Je lui fais boire beaucoup d'eau. Elle me connaît et sait très bien pourquoi. Elle me dit tout de même : « J'aimerais bien qu'on puisse refaire ça normalement, un de ces jours. »

J'acquiesce et d'une main ferme la dirige vers la baignoire. Sophie s'active avec obéissance. Elle prend position à quatre pattes, les genoux contre la faïence glacée. Je m'occupe d'elle tant bien que mal, un petit peu par désœuvrement. Je stoppe assez rapidement. Elle se retourne et s'allonge sur le dos, les jambes bien écartées. Je me branle jusqu'à aller trop loin, en attendant que l'urine se pointe. Lorsqu'elle se pisse enfin dessus, j'éjacule tout ce que je possède.

Nous nous douchons. Elle se couche. Discrètement, j'ouvre le placard de la cuisine où elle planque ses Lexomil. Je m'en enfile deux et m'endors sans un rêve.

C'est le seul moyen d'éviter les regrets.

5

Boîte vocale Itinéris. Douze mille nouveaux messages. Et pas un qui vaille la peine. Pas même les cinq de Benoît, ni même les douze de Denis. Le temps de l'amitié aussi prend de la bouteille. Benoît et ses ordonnances, à de nombreuses reprises, avaient répondu présents pour désinfecter chagrins et autres égratignures. Quant à Denis, aucun mot n'arrivera à la cheville de certains bars anonymes, aux néons glacés, où nous n'attendions rien d'autre que d'être encore un peu ensemble. Entre nous, pas de rapport de force ni de tentative de séduction. Juste la joie de prendre soin l'un de l'autre jusqu'à ce que le coma s'ensuive. On ne reste jamais en vie très longtemps.

Aujourd'hui, le son de leurs messages n'est plus le même. Comme si la voix n'arrivait plus à mentir. Tout cela aboutit à des appels gênants, aussi sincères qu'un bouquet de marguerites offert par une petite fille à un président communiste.

J'ai tenté de me concentrer sur *Voici*, mais Jovar était de bonne humeur : « N'insistez pas, les amis. Impossible d'en dire davantage pour l'instant. Mais la roue tourne, vous pouvez me croire. La profession va me rendre justice et ce n'est pas trop tôt. » Le nouvel empereur Jovar nous couvre d'un regard presque paternaliste : « Fabienne, Gabriel ! N'ayez crainte, là où je serai, je ne vous oublierai pas. Je saurai rester quelqu'un de juste. »

Comme tous les hommes de culture, Jovar mise beaucoup sur la justice.

En avance pour le déjeuner au Biblos et ravi à l'idée de perdre quelques minutes, je tape sur l'épaule du gardien Michel et le gratifie d'un « quoi de neuf Montmartre ? » chaleureux et fraternel.

« Ça va pas fort du tout », qu'il me répond. Nous sommes seuls dans le hall, aucune échappatoire à court terme et l'autre qui continue, presque au bord des larmes : « J'reviens d'la banque, y m'ont refusé le crédit pour l'école de ma fille. Je comprends pas. Je bosse depuis l'âge de seize ans. J'ai toujours été réglo et courageux. Toujours, j'ai fait passer ma gosse en premier. J'ai jamais claqué un centime dans les trucs que j'aime depuis qu'elle est née. Le Parc des Princes, j'y ai foutu les pieds qu'une seule fois. Je regarde les matchs sur TF1, même le câble, j'ai sacrifié. Pareil pour les bagnoles. »

Il continue de plus belle, les yeux mouillés, se foutant pas mal de la gêne qu'il occasionne : « Et tout ça pour quoi ? Pour dire à ma fille ce soir : Désolé mais ton école, ton studio à Strasbourg, ton rêve, tout ça, je suis pas capable d'offrir, j'ai pas les moyens. Faut plus s'étonner qu'il en existe pour braquer des banques. »

Il me dit ça à moi, avec l'air menaçant. Moi qui considère depuis ma naissance que les braqueurs de banques et les faux-monnayeurs sont des saints, des artistes à part entière.

J'ai retrouvé Frank Lespinnasse sur le trottoir d'en face. Il se tenait assis sur le devant de sa décapotable comme une star d'une autre époque. Il portait une chemise rouge en adéquation avec sa bagnole et souriait beaucoup. Il a retiré ses gants de pilote de course pour me saluer. Je me suis installé direct à la place du mort. Sans un mot. J'ai attendu que le prince démarre pour en savoir un peu plus. Il est resté silencieux, a juste murmuré que les épopées, maintenant, se faisaient au jour le jour.

Quelques kilomètres plus tard, alors que nous roulions sur les quais, il m'a tendu sa fiasque à whisky. Gorgées interminables. Il me mate du coin de l'œil. Regards goguenards et sourire en coin.

« Tu t'en veux, Gabriel ?

— ...

— Tu t'en veux de m'avoir proposé ce stage ?

— On ne se reproche que les choses dont on se souvient. Et encore.

— Quel dommage que tu ne te souviennes de rien.

— L'illusion pour ne pas mourir de la vérité.

— Ainsi parla Gabriel...

— Mouais.

— Cet après-midi, j'ai envie de te rendre heureux. »

J'ai repris une gorgée bien forte et allumé une cigarette : « Alors fais-moi plaisir. »

La voiture a gagné quarante kilomètres heure, le whisky me rappelait un vieil Irlandais et, même à grande vitesse, le dernier album de Jay Jay Johanson tenait bien la route.

Une fois à Rungis, le champagne rosé n'en finissait pas de se répandre dans nos verres. Le cou entouré par une grosse serviette, Frank et moi rigolions des blagues de son père entre deux langoustes. C'est toujours plus simple de rigoler entre deux langoustes. On a l'esprit plus indulgent. Dans les salons cosy de la Marée, M. Lespinnasse senior irradiait de vinasse et de propos réactionnaires. Et moi, je me sentais nickel, dégagé des choses matérielles, de Sophie et du reste tout aussi foireux, ravi d'écouter sans les entendre les dérapages de ce dingue au gros bide : « Dans la vie, mes p'tits gars, on n'a que ce qu'on mérite. Le type qui reste au chômage, quelque part, on m'ôtera pas d'l'idée qu'il l'a pas mal cherché quand même. Pareil pour le sida. »

Frank et moi, on s'est mis à rigoler hyper fort. Mais Frank a continué plus longtemps. Juste un peu trop longtemps pour foutre un malaise. Il a embrassé son père sur le front et lui a murmuré quelque chose à l'oreille. L'autre a rigolé pendant dix mille ans et ajouté que son connard de fiston était vraiment impayable. Alors Frank a levé son verre, comme pour porter un toast mais personne n'a eu le temps de suivre: « Papa, je suis séropositif, vraiment. »

Le silence n'a duré que quelques secondes, mais c'est toujours impressionnant de voir un père en train de se dégonfler. Frank nous a fourni un immense clin d'œil, a rigolé encore plus fort que tout le monde, et a balancé: « Mais, bande de dingues, rien n'est grave. Je peux vivre encore très longtemps. »

M. Lespinnasse, livide, s'est levé pour régler rapidement l'addition. Le digestif qu'il nous avait promis « parce qu'on était des vrais mecs » ne semblait plus d'actualité.

Ce fut un après-midi bien étrange. Un après-midi passé dans un bar à putes avec du whisky glace. Vers dix-sept heures, Frank décida que nous avions rendez-vous.

Nous trouvâmes assez vite une table au drugstore des Champs-Élysées. « J'ai une fille qui va nous rejoindre. Très belle. Une fille pour tous les deux. Son foyer a besoin d'argent, alors je l'aide un peu. N'aie pas d'inquiétude, j'ai mes entrées à l'hôtel d'en face. C'est de la prostitution light, si tu préfères. »

Peut-être que oui, que je préfère comme ça. Je songe même que cette société à deux vitesses, au bout du compte, n'est pas une mauvaise chose. Estelle se pointe quelques minutes plus tard, donc. Effectivement magnifique. Son corps est fin et ses traits d'une rare perfection. Elle semble apprécier beaucoup Frank. Il est dix-sept heures et elle commande une salade de chèvre chaud. Pourquoi pas. Tout me paraît impeccable puisque j'ai le cœur battant. Je m'efforce d'être attrayant mais j'ai l'esprit pas mal embouteillé. Dans quelques minutes, je vais baiser, en compagnie d'un type que je connais à peine, une fille canon avec une coupe au carré, que je ne connais pas. Pas mal pour un jour de semaine.

En bouffant sa salade, Estelle prouve qu'elle ne manque pas d'humour sans pour autant faire allusion à l'étape qui va suivre. Notre nouvelle Cendrillon raconte l'arrivée de sa mère dans l'appartement exigu de son jeune couple avec bambin, couches-culottes et tout le tralala. Je l'écoute en souriant. Elle pourrait réciter par cœur la notice d'une pile électrique que je l'écouterais en souriant. « Ma mère, c'est du genre à passer deux heures à Carrefour en étudiant les prix pour revenir avec juste de la litière pour chat... », qu'elle raconte, Estelle.

Vous penserez ce que vous voudrez, mais moi, même sa mère, je la trouve sympa, je lui pardonne.

Frank règle avec un billet de cinq cents. Nous sortons. Autour de moi, je trouve l'ensemble des immeubles magnifiques. L'hôtel me fait face. Trois étoiles inespérées.

« Je rentre d'abord avec Estelle, tu nous rejoins dans cinq minutes.

— Impeccable », je rétorque. L'existence même est un truc foutrement impeccable. Je me décide pour le comptoir de la brasserie d'à côté. Un café s'impose, un calva comme voisin. Je suis un môme sur les nerfs à l'aube d'une grosse journée. Je songe au repas de tout à l'heure. À Frank, à sa façon ahurissante d'être déraisonnable, de manger, de boire, de fumer pendant les plats. De faire cela comme si tout lui était dû, en se moquant du reste. D'aller au plus proche du plaisir, à l'évidence même de cette joie-là. Il avait regardé Estelle de la même façon. Sans la voir. Comme si rien n'existait vraiment. Qu'est-ce que foutait Lespinnasse de ses jours ? Que dalle, il se livrait juste au plaisir d'exister, au détriment de son prochain, c'était probable. Considérant les autres comme un enfant gâté considère son village de Playmobil.

« La chambre de Frank Lespinnasse ?

— Premier étage monsieur, chambre 107. »

C'est elle qui m'ouvre. L'autre est dans la salle de bains. Estelle se remet sur le lit. Je suis presque surpris de la voir encore habillée. Un calme redoutable s'installe. Elle murmure, tremblante.

« Tu te demandes ce que je fais ici ?

— Non, enfin, peut-être. En fait, je tiens pas assez la forme pour analyser quoi que ce soit. »

J'ai d'abord regardé, collé au mur, tel un petit chaton effrayé par la crudité du monde. Frank est arrivé à poil, a fondu sur Estelle tout en la déshabillant. Le haut tout d'abord, avec sa collaboration indispensable pour le soutien-gorge. Leurs soupirs étaient perceptibles, très sonores même. Frank a allongé Estelle sur le ventre. Il a commencé à lui lécher les fesses tout en me jetant des regards éclairs. J'avais la sensation d'être seul à l'opéra, devant le plus grand ténor et la plus belle diva.

Je me suis débarrassé de mon pantalon et j'ai entrouvert ma chemise. La main d'Estelle se tendait vers moi. Je me suis branlé tout doucement. Estelle était toujours sur le ventre lorsque Frank l'a prise. Elle a levé son visage vers le mien au premier coup de queue. Alors, je me suis approché de ses lèvres et je l'ai embrassée, éperdument. À cet instant, j'ai compris que j'avais dû lui plaire tout à l'heure.

Elle m'a fait jouir beaucoup plus tard et de façon très ludique, en tout dernier. Après m'avoir longtemps sucé, elle m'a repris dans sa main et s'est approchée de mon visage. « Je veux te regarder jouir. Je veux que tu jouisses avec mes yeux plantés dans les tiens. » Elle riait presque. Une môme. Une vraie môme. Dangereuse et éclatante.

Tous les trois à poil sur le lit, post-éjaculation. En train de finir le minibar et de mater *La Chance aux chansons*. Un homme d'âge mûr, légèrement dégarni, entame une reprise du « Petit Bal perdu ». Il chante sans play-back. Sevran semble nostalgique.

« Mon père adorait cette chanson », balance Estelle, presque sèchement. Puis elle se met à pleurer. On s'est regardés avec Frank sans trop savoir comment réagir, bien désemparés tout d'un coup.

Le doute et la trouille. Sophie, je regrette, je te jure, il *faut* me croire. Si tu savais combien je paye déjà cette bêtise. Regarde cette crevure de moi-même retourner en catastrophe sous sa douche, non, ne me regarde pas, ça vaut mieux, inutile de me voir si minable, m'enfiler quatre Alka-Seltzer, me savonner un peu mais pas trop, histoire que tu ne te doutes de rien. Me rincer le sexe à plusieurs reprises comme si ça pouvait changer quelque chose. Ivre encore, euphorique bien sûr, mais déjà coupable.

Certaines descentes sont plus douloureuses que d'autres. C'est en fonction de ce qu'on doit se faire pardonner. Ma descente est bien musclée et débute sur boîte vocale :

« Gaby, c'est formidable. J'ai enfin trouvé l'appartement dont tu rêves. (Merde alors, comme si je rêvais d'un appartement.) Rendez-vous au 30 rue Guynemer, dans le sixième. Et si, mon cœur ! Juste en face du Luxembourg. Du Luco quoi ! Pleeeeease, sois à l'heure, mon cœur... » La fille n'a pas laissé de prénom mais j'ai reconnu ma femme, sa voix suraiguë, son petit contentement perpétuel.

Je risque un décalage à perpétuité avec certaines personnes. C'est le cas du vieux déchet qui nous accompagne dans la visite de ce « formidable » trois-pièces avec terrasse. Qu'est-ce que vous voulez que je dise ? Moi, je trouve ça vraiment con, les terrasses à Paris. Mais la peau tendue aux cheveux d'or possède du flair. Elle a cadré dès les premières secondes ma sale gueule et mon air moyennement réceptif. Elle se reporte donc sur Sophie : « Je me permets d'insister sur la beauté du parquet, sur les moulures ainsi que sur ces ravissantes petites cheminées présentes dans toutes les pièces. »

Que vais-je devenir dans un monde pareil ? Un monde où il existe des gens payés pour insister sur les parquets et les cheminées dans toutes les pièces. Alors, je jette l'éponge. J'offre à Sophie d'énormes sourires dès qu'elle m'interroge en silence. Enfant, mes plus beaux rêves se terminaient dans les bras de celle que j'aime, mon Walkman collé sur les oreilles avec *Careless Whisper* de George Michael. Le film était projeté dans le noir de ma chambre. Mon idylle se déroulait toujours de manière identique. D'abord la première rencontre avec ma douce puis le jour du mariage. Enfin, le choix de notre nid d'amour. Après tout, les cheminées, pourquoi pas ? Puisque tout se consume, autant regarder.

Collection d'horreurs pour ce soir, grand chelem au royaume des désillusions. Le coup de grâce se pointe à deux heures du matin, alors que je commence juste mon premier carton. (Sophie et... moi avons finalement pris l'appartement avec terrasse. Nous emménageons dans trois semaines, pas la peine de chercher à comprendre.) Le coup de grâce arrive en sonnant. Benoît, mon apache de voisin. Je me dis chouette, qu'un peu de coke ne pourra pas me faire de mal. Je me trompe. Benoît, bien embêté, regarde ses chaussures. Il m'annonce qu'il arrête la coke et se tire le week-end suivant. De manière définitive.

« Tu comprends, je serais bien resté jusqu'au bout, mais la fin des vendredis soirs, ton mariage et toute cette merde, je digère pas. J'en ai parlé avec Denis, il pense comme moi. C'est mieux ainsi, vu ma santé fragile, que je me tire maintenant. Allez quoi, Gabriel, il faut savoir tourner la page. »

Je reste seul, termine un mort à Paris, à la recherche des premiers chapitres, de l'époque où j'invitais quinze personnes juste pour voir passer Sophie, où je passais des CD en regardant le matin par la fenêtre, incapable d'aller dormir avant son improbable coup de fil.

Malgré de nombreuses précautions médicales, je n'ai pas trouvé le sommeil cette nuit-là. C'est ainsi. Quelquefois encore, le Valium n'arrive pas à la cheville du chagrin.

6

Jovar ne marche plus, il sautille, semble avoir gagné plusieurs centimètres. Son port de tête s'améliore, il se tient mieux, plus haut dans les airs, c'est indéfinissable. Jovar a eu sa promotion. Comme il le répète, c'est OFFICIEL depuis ce matin. Il est heureux Jovar, songe que ça valait la peine de naître, malgré cette calvitie naissante et toutes ces saloperies d'obstacles dont il se serait bien passé. Je l'aimerais presque davantage dans ses habits neufs, vainqueur enfin, comme Vercingétorix avant lui.

À nouveau poste, nouvelle pièce et nouveau bureau. Je suis assis, minuscule, face à mon supérieur hiérarchique tout neuf. Il fume maintenant des Davidoff, Jovar, qu'on se le dise. Jovar nouvelle version, capable de transpercer le plafond chaque fois qu'il recrache la fumée de son petit cigare. Son bureau est situé au nord-ouest de la pièce, « parce que je m'apprête à devenir un dirigeant, Gabriel ».

Il poursuit, visiblement sérieux: « Vois-tu, le nord-ouest favorise l'autorité, le sens de l'organisation et la prise de responsabilité. Il attire le respect et la loyauté. » Il est magnifique, Jovar. Hélas, très vite, l'entretien se gâte. Jovar m'a convoqué pour une raison précise. Il a pour charge à présent de vérifier mes bandes-annonces. Il en est le responsable. Celle de ce matin le laisse dubitatif:

Vous nous mentez, tous autant que vous êtes. La femme de nos rêves : mensonge. La famille : mensonge. La confiance en l'autre, mutuelle et réciproque : effroyable mensonge. Seul France 3 vous dit la vérité. La vérité de ce monde, c'est la télévision. La vérité, c'est le plateau de rosbif froid devant la télévision. La vérité, c'est Kramer contre Kramer.

Kramer contre Kramer, *ce soir, 20h50 sur France 3.*

Soixante-dix mots, pas un de plus, la classe inégalable.

Jovar me demande de lire mon texte à haute voix afin que je puisse me « rendre compte ». Je refuse. Je suis un créateur et non un comédien. Il se balance sur son siège d'une fesse sur l'autre, l'air embêté : « Ne vaudrait-il pas mieux adoucir la chute Gabriel, hein ? Qu'en penses-tu ? Veux-tu que je demande à Frank de jeter un œil ? »

En moins d'une semaine, Frank était devenu une sorte de légende, de M. Propre, d'ange indispensable à ce service. Chacun possédait l'anecdote essentielle sur son compte, persuadé d'en connaître infiniment plus que le voisin. On lui prêtait des origines juives ou aristocratiques et un manoir dans le Vermont.

« Gabriel, tu sembles fatigué ces derniers temps. Quelque chose ne va pas ? Tu ne veux pas m'en parler ? »

Peut-être que oui après tout, que Jovar avait raison, que deux ou trois détails me tourmentaient actuellement, comme rater ma vie, être alcoolique et ne plus aimer mon épouse. Peut-être que ces quelques évidences finissaient par jouer sur mon moral. Mais je savais – hélas – que ces souffrances, ces débuts de révolte, allaient très vite m'abandonner.

Jovar me redonne le texte que j'observe dans son ensemble. J'ai sous les yeux la finalité de mes jours. Écrire quelques mots pour le film du soir. Je m'éclipse aux chiottes m'enfiler une bonne rasade de whisky. J'en ressors neuf, rempli de nouvelles initiatives. Les poings serrés, je dévale le couloir pour prendre une Leffe au comptoir d'en face. À la troisième, je songe qu'il n'est jamais trop tard pour devenir avocat du côté de la défense, médecin généraliste, flic ou psychanalyste. Être proche d'autrui enfin, exercer un métier qui palpite. Toucher la souffrance des gens, leurs pleurs et leurs prières. Être de ce côté-là de l'existence. Chirurgien, pourquoi pas ? Oui, chirurgien, c'est merveilleux. Assister à ce qui se passe à l'instant même où le risque se pointe. Au plus près de cette énergie précise et illimitée qui se dégage des autres et rapproche de soi-même. Comme dans une croisière ou lors d'une panne d'ascenseur. Comme après un meurtre que l'on commet avec un copain d'enfance. C'est si beau les hommes, dans ces moments-là.

Le petit chat de Martine est mort. Cela peut paraître négligeable comme information. Mais les quelques-uns qui connaissent vraiment Martine savent à quel point cette nouvelle est dramatique. Martine, son chat, c'était le meilleur de sa vie amoureuse. En quatorze ans de vie commune, jamais il n'a dormi à ses pieds et encore moins sur une couverture. Toujours dans ses bras, le léger ronflement du chat berçant le lourd sommeil de Martine. Alors de voir Martine ainsi, se pointer au Biblos avec le chat dans les bras, agonisant et maigrichon, alors oui, franchement, ça nous a fait quelque chose. Justin a commandé un triple scotch sans glace pour Martine, histoire qu'elle retrouve un peu de vie sur son visage, et le chat a reconnu Justin, et il a relevé sa frimousse pour lui balancer un petit coup de langue. Ce fut un coup de langue fatigué, un geste pur, comme si le chat n'avait plus rien à prouver.

J'ai regardé Justin, Martine et puis le chat. Et j'ai versé une grande rasade de vin dans mon verre. Alors, j'ai pris conscience d'une réalité vraiment moche. Je ne buvais plus seulement pour le plaisir de boire. Je ne buvais plus seulement parce que je faisais juste ce que j'avais envie de faire. Je buvais avant tout parce que mon corps le demandait. Parce qu'il était plus tranquille après.

J'ai jeté un œil inquiet sur mes condisciples. J'avais peur qu'ils s'en aperçoivent. Mais ils étaient trop occupés à boire pour comprendre quoi que ce soit.

Frank Lespinnasse nous a rejoints. Les cheveux roux en bataille et le regard rieur. Cohn-Bendit, le charme du nihilisme en plus. En l'espace d'une phrase, il a transformé la mort du chat en un enterrement chaleureux. Frank a pris la bestiole dans ses bras et a dirigé notre équipe vers France 3 dans un bel élan de procession et de fraternité. Nous avons posé le chat sur l'ancien bureau de Jovar avec une couverture et des bougies pour l'entourer. J'ai baissé les stores. Un journaliste a téléphoné pour avoir une cassette en urgence. Justin lui a répondu que le deuil nécessitait des sacrifices de chacun.

J'ai appelé les gens du service afin qu'ils viennent dire adieu à l'enfant roi. Les deux standardistes furent notre première visite. Deux spécimens féminins charmants et un peu tristes, proches de la cinquantaine, qui n'attendaient plus grand-chose pour la suite, ni promotion ni grand amour. Deux femmes avec téléphones portables parce que personne ne les appelle à la maison. Deux femmes juste heureuses de savourer le dessert du midi et le cinéma du soir. Peut-être, il y a bien longtemps, avait-il existé certains soirs où elles avaient été heureuses.

Autre genre juste après. La stagiaire blonde du service information. Enfant, ses rêves avaient déjà les angles pointus de sa télévision. Cette fille n'a que vingt ans et déjà la voix usée par trop de gentilles choses prononcées au premier venu. Ronds de jambe et phrases mielleuses dans l'unique espoir d'un stage ou d'une place sur une chaîne du câble. Comme d'autres à venir, ses songes de princesse iront s'échouer quai de Javel. L'ami Justin, bonne pâte, l'a prise longtemps dans ses bras, à cause de sa belle odeur et de son string irréprochable. Combien de soirées aux Bains-Douches avait-elle déjà essuyé pour apercevoir Bruno Solo ?

Il a bien fallu achever le pauvre félin. Martine ne voulait pas entendre parler du vétérinaire, « le type va garder le cadavre pour des questions d'hygiène », pleurnichait-elle. Frank est allé chercher des crevettes chez le poissonnier du coin. Nous avons pilé tout cela religieusement dans un bol ramené du Maroc par Martine, avec un reste de Lexomil. Il était dix-huit heures et les dames africaines ont pointé leurs visages pour l'entretien. Elles sont restées pour l'office. Les deux standardistes aussi. Fabienne Poulain a débarqué, sans oser rien dire, calfeutrée dans un coin, gênée par son manque d'humanité, attendant que Jovar le premier dégaine la méchante remarque. Mais Jovar restait debout, droit comme un con, les bras croisés, aux côtés de Lespinnasse.

Le chat s'est régalé de sa dernière bouillie. Il a levé la tête vers Martine, et je me doute bien que ça peut paraître difficile à croire, mais la bête a souri avant de s'endormir une dernière fois. Il y a eu une longue minute de plénitude, juste interrompue par le portable de la stagiaire du service information qui semblait heureuse que ce soit Patrick Chêne qui l'invite à dîner. J'ai regardé Frank et Frank pour lui-même, sans sortir un son, parlait au chat en bougeant les lèvres. Quelqu'un a sorti un Kleenex pour Jovar. Mais Jovar a refusé : « Ce n'est rien, juste une allergie », a-t-il précisé. Et personne n'eut assez de cœur pour le réconforter.

La vie se termine le jour où l'on doit lâcher ses camarades en plein enterrement pour rejoindre Sophie chez elle. Le choc. Tête à tête avec Stanley M. en plein couloir du métro. Moi, un mètre soixante-dix-huit. Lui, trois mètres sur quatre de largeur, emperruqué pour les besoins d'un film d'époque. Sortie nationale prévue pour demain. Information suffisante pour ne plus rentrer nulle part. Et pourtant, je vais la retrouver. La fatigue vous fait faire de ces choses, parfois.

Débarquement rageur, les poings dans les poches. Je vais te faire payer le bail, le mariage et tout le reste. Je vais te faire payer le temps qui passe et l'amour qui s'échappe. Elle m'ouvre dès la première sonnerie. Sourire de bienvenue de pure forme pour ma part. Risette extravagante et disproportionnée pour la sienne. Rentre mon grand, installe-toi, je te sers un Martini blanc avec des olives. Je le bois direct alors que je n'ai même plus soif, juste pour la faire chier. J'en demande un deuxième. Attribué également. On ne me refuse rien ce soir. On effectue un acceptable début de soirée. On doit avoir quelque chose à se reprocher. Surtout ne pas faiblir. Vigilance avant tout. J'allume la télévision en sachant très bien pourquoi. Je tombe assez vite sur Stanley M. en pleine promo. Je mime un mélange de surprise et d'effroi. Je n'ai pas besoin d'apercevoir Sophie pour connaître l'anxiété de son visage. J'attaque :

« Tiens, ton copain.

— Arrête.

— Peut-être que c'est mieux si je te laisse.

— Arrête.

— Tu pourras le regarder tranquille comme ça, sans être déconcentrée. En salivant autant que tu veux.

— T'es trop con.

— Pas autant que certaines filles qui se font prendre par le premier comédien qui passe. »

J'aurais peut-être dû éviter cette dernière phrase qui l'a rendue folle. En pleine colère, Sophie m'accable d'expressions bizarres que je ne lui connais pas, comme « abjection paranoïaque ». Elle se met debout, les ongles enfoncés dans la paume de ses mains et les yeux tremblants de fierté mal contenue : « Qu'est-ce que tu crois, que j'ai couché avec Stanley pour avoir un rôle !

— Le plus simple serait que tu me dises avec qui tu n'as pas couché.

— VA TE FAIRE FOUTRE. J'ai aimé Stanley. Je ne me suis pas donnée comme ça. Il m'a écrit beaucoup de lettres avant que je ne lui cède. »

L'écriture, cette merde. Même les comédiens s'y mettent.

Plus tard, dans le lit.

« Sophie.

— Quoi ?

— Excuse-moi, j'ai les nerfs à vif en ce moment.

— C'est bon, Gabriel. Bonne nuit.

— Non, vraiment. Pardon.

— C'est OK. Dors.

— T'es ma femme quand même.

— Ouais, dors.

— Merde, Sophie, on peut pas s'endormir comme ça.

— Comme quoi ?

— Comme des vieux cons. »

Silence de Sophie, elle pige que j'ai envie de baiser.

« Sophie.

— QUOI ?

— Je trouve que ce serait chouette qu'on fasse l'amour, histoire de se réconcilier.

— Ohhh, mon ange. Je suis encore toute contrariée. Laisse-moi dormir.

— Très bien, génial. Dors. »

Alors Sophie se retourne, hyper violente :

« Et puis arrête ce mensonge, ton truc de faire l'amour. C'est pas la vérité. Ce que tu veux, c'est jouir pour enfin pieuter tranquille. »

Éjaculer aurait suffi.

Le compromis prend place une fois la lumière éteinte. Descente de sa bouche jusqu'à mon sexe. Va-et-vient rapide, sec et sans salive. Il faut que ça vienne et vite, pas que ça à foutre. Touche pas à mes sept heures de sommeil. Il n'y a que les premiers soirs qui soient assez cons pour supporter les nuits blanches. Bientôt j'emménage avec Sophie et tout ira bien. Plus de permissions ni de dérapages. La petite mort tranquille et pas forcément désagréable. Je me passe de l'eau sur la figure et me dévisage dans la glace. Trois semaines de vie avant la rentrée définitive.

On va tâcher de finir en beauté.

7

Antoinette. La stagiaire du service information s'appelle Antoinette. Cocktail sur une péniche pour la nouvelle formule du *Soir 3*. Champagne jusqu'à l'étouffement. Le jeu consiste à butiner juste ce qu'il faut, de groupe en groupe, le bon mot en fin de phrase : coup d'épée avant de déguerpir ailleurs. La tornade Denis m'accompagne, égale à elle-même comme à chaque biture mondaine. L'œil rouge vif, aiguisé sur la moindre fille, l'autre œil toujours en vigilance sur le buffet. Vice à l'écoute, estomac réceptif comme jamais.

Antoinette donc. Je fais le maximum pour vivre une aventure avec elle. J'attends même qu'elle termine sa discussion avec Henri Sannier. Et Dieu sait que c'est délicat de tomber amoureux d'une fille qui termine une discussion avec Henri Sannier. Je lui propose un fauteuil dans un coin calme. Elle accepte. Antoinette parle énormément mais Denis compense en me fournissant des coupes de champagne. Je suis maintenant imbattable sur le Niels, le Cabaret, la Côte d'Azur en général, Versailles et les rallyes mondains :

« Un soir, à la villa Barclay, le fils de Kadhafi m'a même proposé de finir la nuit dans un palace, comme ça, pour discuter, avec quatre mille balles en prime. »

Un jour, il y aura un type qui tombera amoureux de cette fille. Et ce type aura la même durée de vie que Gabriel Matzneff.

L'injustice, toujours.

Il y a pire qu'Antoinette. L'habile Denis, plus précisément, a déniché pire. Clarisse possède des cheveux tellement blonds qu'ils en deviennent presque blancs. Elle est invitée par l'ami d'un ami qui travaille chez Dior. Sa poitrine est disproportionnée pour sa taille. La sonorité de son rire en mettrait beaucoup mal à l'aise, beaucoup mais pas Denis. Denis rayonne, en rajoute sur son métier et son nombre de KF par mois. Scoop, l'unique projet de mon camarade se résume à en niquer le plus possible.

Nous nous retrouvons aux toilettes pour deux lignes chacun. Pas plus. Faut pas déconner. Il y a « baise » au bout du compte. Je me cramponne au lavabo pour m'en persuader. Direction les deux filles d'en face, sinistres pâquerettes que l'on se doit d'arracher vite fait. Comble de joie, les demoiselles ont une « super idée ». Un verre au Bouddah Bar avant la soirée d'un animateur radio au Bash. Cinq heures d'ennui qu'on n'avait pas vues venir. Comme ça, pour rien, en pleine poitrine. Denis expire un bon coup, l'air triste. Il pensait pouvoir baiser tout de suite. Moi, je ne suis pas surpris. Mieux, je m'en doutais. La reprise économique avait un revers à son attractive médaille.

Le pire continue sa marche, indétrônable. Toutes les demi-heures, de nouvelles fêtes sortent du Bouygues Télécom d'Antoinette. Ce qui n'empêche pas Denis d'exulter, les sourcils en bataille et le visage en flammes, convaincu d'avoir raison depuis l'âge de douze ans, jour où il décida d'en prendre un maximum dans tous les domaines, douze ans donc, date de référence de cet être quantitatif.

Les verres passent, de plus en plus difficiles à terminer. Une fois au Bash, même le défilé Kenzo résumé par Antoinette devient intéressant. Je me lève de notre table pour ne pas descendre plus bas. Je tente de découvrir toutes ces filles en train de danser. Elles semblent grandes et inabordables. La cocaïne me file un drôle de goût au fond de la gorge. Âcre et chimique. Et les filles virevoltent toujours, vodka à la main, souriantes, affreusement souriantes, sourires destinés à tous sauf à moi-même, sourires marqués, définitifs, presque méchants.

Ce n'est pas faute d'avoir de l'énergie et même du reste à vendre mais mon corps ne répond plus. Je désire stopper la musique, dire quelques mots à tous ces gens, leur apprendre qu'ils font fausse route, à mon humble avis, que c'est vraiment dommage de collectionner dans une même pièce autant de jolis corps pour rien. Immense gâchis d'un désir coincé dans les robes noires de femmes hors de prix.

Cela doit faire plusieurs minutes que je me tiens debout, à réunir toutes mes forces, histoire de traverser la salle pour aller vomir. Antoinette a disparu. Denis m'a marmonné dans l'oreille un truc, comme quoi il raccompagne Clarisse, que c'est dans la poche, et que voilà, ce soir encore, « le lion aura son repas ».

La mâchoire serrée, le souffle court, je descends les marches qui me séparent de la piste, armé uniquement de cet objectif pourtant simple : les chiottes du bout. Mais la fosse aux carnassiers se dévoile pleine de pièges, de mouvements, de types aux épaules larges qui me dévisagent avec violence. La musique est beaucoup trop forte et je plisse les yeux, intime l'ordre à sainte Rita de prendre soin de ma carcasse, qu'on ne me bouscule pas surtout, par pitié, qu'on ne fasse pas obstacle à mon Graal des latrines, un mot désagréable et je trébuche.

La dernière fois qu'on m'avait humilié à ce point, c'était à la suite d'un croche-pied en cours de récréation. Même cause, même résultat. Je reste encore aujourd'hui convaincu que c'est un croche-pied qui me fit perdre la face sur cette piste de danse. Je m'écroule. Sale odeur de pieds, de lino, d'alcool, de désinfectant. Sale regard du haut vers le bas, sale lumière qui se rallume, saleté de musique qui s'arrête alors que je n'avais rien demandé, de gens qui s'inquiètent parce que mon crâne pisse le sang. Foutez-moi la paix, laissez-moi vider tout ça dans la cuvette et qu'on me laisse dormir après.

Même allongé, j'entends cette phrase qui me glace les veines : « Allez chercher les videurs. » Nan, pas les videurs. Lourde décharge de flip jusqu'aux doigts, je tente de me relever. Impossible. J'aperçois quelques figures écœurées, mais pas une qui mérite qu'on s'y arrête. Une main, pourtant, se dépose sur mon front, une main compréhensive, un parfum familier. Je me retourne lentement et tombe sur le visage de Frank, calme, souriant, apaisé. Il se penche sur mon oreille : « Ne t'inquiète pas mon grand, je vais juste te soulever, tu vas devoir marcher quelques mètres contre mon épaule, jusqu'à la sortie, puis je te porterai jusqu'à la voiture. Et tout ira mieux. »

Alors qu'un videur s'approche, Frank me soulève, il annonce juste : « C'est bon, je m'en occupe, c'est mon frère. »

Tous furent convaincus par cette évidence.

Moi le premier.

Nous roulons jusqu'à la Salpêtrière. Sans un mot. Je suis allongé sur la banquette arrière et demande à trois reprises de tout arrêter pour vomir, enfin, avec soulagement. Extraire de mon organisme tous ces produits nuisibles à la santé. En finir avec toute cette merde. Emménager avec Sophie, enfin. M'endormir contre elle, le soir, après avoir bouquiné un peu. Déjeuner tard le dimanche après-midi, près du Luxembourg, et faire des projets pour nos prochaines vacances. Partir en vacances même, pourquoi pas. Avoir un petit môme et puis changer la couche. La merde, ça me connaît.

Je songe à tout cela avec des frissons dans la nuque. Avec la frousse qu'il soit déjà trop tard. Frank se garc en face de l'hôpital. Il m'a filé un mouchoir en tissu qui s'avère maintenant couvert de sang.

Nous marchons vers les urgences. Je lui parle pour tenir le coup, pour ne pas m'évanouir : « Eh Frank, tu crois que j'ai déjà raté ma vie ? Hein, tu pourrais me dire à partir de quel moment on s'en rend compte ? Tu crois que c'est dramatique, au final, de rater sa vie ? Est-ce que c'est si grave que ça ? Pourquoi je ne comprends rien aux choses ? Et les distributeurs de fric, pourquoi j'y comprends rien ? Ils demandent toujours si on désire un ticket. Qu'est-ce que ça change d'avoir ou pas des tickets. Et l'Internet, tu crois que c'est bien ? Qu'est-ce que ça veut dire exactement : des points de suture ? Et hétérosexuel, qu'est-ce que ça veut dire exactement ? »

Couloir du service de nuit. Longue continuité de plaintes et de souffrances. Cour des miracles nouvelle formule. Frank me trouve une chaise. C'est un peu comme le Bash de tout à l'heure, lumière blanche et forte en plus. On croirait un voyage dans le temps, un retour sur les mêmes personnes, vingt ans plus tard, sans les masques. Je suis à côté d'une dame qui grimace à cause d'une fracture ouverte à la cheville. Un truc visiblement très douloureux. Impossible de trouver les mots pour la réconforter. Je me tais et observe les médecins : êtres humains magnifiques qui s'agitent pour en sauver d'autres.

À côté de nous, quelqu'un de la boutique demande à un SDF allongé sur deux sièges ce qu'il a bu pendant la journée. L'homme répond trois litres. Je tâche d'envisager cette hypothèse pour moi-même. Égoïstement, ça me rassure. Il me reste un peu de marge. Une fille arrive, portée par son père et consciente malgré tout. Je leur cède ma place car il n'en reste pas d'autre. La fille a avalé des cachets parce que son petit copain l'a trompée. C'est le père qui m'apprend cela, discrètement dans l'oreille, comme une confidence. La gamine s'appelle Eurydice et je trouve ça très bizarre qu'on puisse tromper une fille qui possède un tel prénom. À plusieurs reprises, elle murmure d'étranges demandes, notamment la date de certains événements historiques ou des renseignements sur les prochains concerts de Jeff Bukley.

Le papa sèche sur chaque question et m'interroge du regard. Et je me sens pas les épaules pour dire la vérité sur Jeff Bukley. La fille commence à baver pas mal et je cherche à savoir si c'est bon signe ou non. Enfin, elle demande : « Et dans *L'Amour du risque*, comment s'appelait le chat ? »

Je deviens livide. Hier encore, je connaissais le nom du chat dans *L'Amour du risque*. « C'est un chien dans *L'Amour du risque*. Il s'appelle Février », a balancé Frank à Eurydice. Il était comme ça, Frank, gourmet de la mémoire, du genre à partir avec un clébard nommé Février pour revenir avec le printemps en pochette-surprise.

Petit box où je me fais recoudre. Tous ignorent mon ivresse. À leurs yeux, ma seule définition semble être cette blessure. Il navigue un parfum d'éther dans la pièce, de propreté rassurante. La sensation qu'ici « on répare ». Qu'ici, tout va s'arranger. Une fille en blouse blanche prend place sur un tabouret. Elle est rousse et porte les cheveux bouclés. Sur le haut d'un sein s'affiche son badge : Marion Massart. Marion ne parle pas, elle berce et console. Sa voix est un rubis pacifique à travers lequel rien ne semble grave.

Je respire à nouveau. Tout n'est pas perdu. Marion est en train de recoudre mon crâne et ce qui reste à l'intérieur. Alors qu'elle se bagarre avec un fil et une aiguille, je mate son sobre décolleté et découvre, hélas, l'état de mes vêtements, l'odeur que je dégage. Minable, je suis un minable cochon en face d'une marmelade orange et cristalline. Il faut lui dire, vite, qu'elle sache que tout cela n'est qu'une erreur, une mauvaise passc. Marion, je n'ai pas toujours été ainsi. Tiens, l'an passé encore, je racontais de belles histoires aux filles avant qu'elles ne s'endorment. J'étais capable de les emmener en week-end sans presque rien attendre en retour, capable de luxe, d'un coup de téléphone le jour d'un anniversaire et même (pourquoi le nier) capable d'être attentif à leur plaisir s'il m'arrivait de faire l'amour. Tu vois comme on change.

Les points de suture se terminent. Je lève les yeux vers elle, tâche de ne pas trop lui montrer que la noyade s'approche. Ne pas faire pitié, surtout.

« Marion ?

— Oui.

— Avez-vous quelqu'un qui vous aime en ce moment ?

— Oui. Et je crois aussi que c'est réciproque.

— Alors ce n'est pas de l'amour.

— Pourquoi ?

— L'amour, c'est quand ça ne marche pas.

— J'ai aussi quelqu'un d'autre pour remplir ce rôle. Mais cette jolie phrase semble vous faire boire un peu trop.

— Il faut toujours boire un peu trop pour faire de jolies phrases. »

Elle se lève, aimable autant que décidée à tourner la page, m'annonce que je ne peux pas rester, que d'autres attendent après moi. Je tâche de me convaincre que dès demain, cette fille ne sera qu'un souvenir parmi d'autres, qu'elle n'est pas si terrible que ça, finalement.

Et je tente un dernier coup :

« Marion, est-ce que je vous plais ?

— Non. »

Les deux infirmières rigolent et l'interne semble fin prêt à me foutre sur la gueule. J'arrête les frais. Jamais plus je ne reverrai Marion. Il le faut. Question de savoir-vivre. On n'a jamais celle dont on rêve. C'est la règle absolue, évidente. Sinon, il n'y aurait pas de cinéma, pas de musique triste ni de livres dans les bibliothèques.

Je remercie Frank et rentre seul avec le premier bus, histoire de savourer ma défaite jusqu'au digestif. Je prends le 95 jusqu'à la place de Clichy. Déjà pas mal de monde dans le moyen de transport, de cravates et de tailleurs, fin prêts pour l'attaque d'on ne sait quoi, nickels comme après la bonne dose de sommeil. Un rapport des RG pourrait dire la chose suivante : semblent très heureux tous ces gens, en tout cas plus que moi. Chacun de mes muscles me fait un mal atroce. Ma tête pèse le poids d'une enclume.

J'ai soudain l'impression d'être âgé, terriblement, d'avoir en vain déjà tout essayé pour m'en sortir.

Et même Paris dans le petit matin n'a rien d'une jolie ville.

8

Alors, je suis tombé malade. J'en rigolerais presque. L'horreur possède un double fond. Tous les symptômes sont là. Dépréciation de moi-même, envie de dormir constamment, effort surhumain pour manger une poire. Résultat des courses : une dépression nerveuse, activez jeune fille, on vous attendait, tout le monde est à table. Que reste-t-il des grands soirs, quand l'insouciance était mon deuxième prénom ? Un mal de gorge, une forte fièvre et quelques jérémiades. Impossible de dire ce que j'ai fait du reste. Dingue ce que le temps passe vite. Je reste dans ma couette, dérive, sue comme un bœuf, sale, à regarder défiler les heures et les documentaires animaliers. Douleur qui me pique les yeux lorsque je déglutis. Fumer une cigarette ? Pas même en rêve. L'absence de nicotine me rend irascible, encore plus cruel que d'ordinaire. C'est drôle. Je suis devenu réactionnaire à cause d'une bronchite. Un vieux con. Vrai de vrai. À redouter l'avenir et tout ce qu'il nous enlève.

J'ai repensé à ma petite sœur. Au numéro de digicode qui mène à sa cour intérieure. De là, il suffit de lever la tête pour l'apercevoir, affairée dans son petit studio du premier étage. Émilie. Sa tignasse de mèches décolorées, ses mains moites toujours, nerveuses et angoissées. Combien de tisanes a-t-elle pu m'offrir ? Un jour, un mauvais jour, j'ai jeté un œil sur le nombre de parfums en stock dans son placard. Le trésor des infusions, toutes disponibles : myrtille, vanille, ananas, raisin, pêche, cassis… à croire qu'elle en inventait certaines juste pour les avoir toutes. Ma sœur. Honnête et généreuse. Livrant bataille contre ses trouilles sans jamais tricher. En larmes plusieurs fois par jour, préférant mourir que baisser les bras.

Ma sœur et ses histoires d'amour. Don Quichotte n'aurait pas fait mieux. Moi, j'ai vu les choses se dégrader. Le complot se mettre en place. Émilie, gamine, à deux mètres de la télévision, existant par la grâce de feuilletons qui se terminent bien. Pas simple, ensuite, de rester vivant dans les mauvais jours.

C'était important qu'elle se tire ailleurs, loin. Essentiel. Question de vie, surtout. Pour moi, aucun lieu ne fait l'affaire.

Quelle que soit la direction, j'ai quelque chose à me reprocher.

Pantalon de survêtement, baskets délacées, bonnet péruvien jusqu'aux sourcils, pas rasé, rougeurs sur des joues tuméfiées, ganglions à n'en plus finir, la gueule d'ange s'est transformée en langue pâteuse. À la fosse commune, la gueule d'ange. Et personne ne pleure. Et ça n'a rien d'immérité. Je descends tout de même, double menton, vertige en rafale, je descends activer le hold-up à la pharmacie du coin. Je marche quelques mètres, ce qui suffit à mon visage pour se mettre en ébullition.

L'existence est une petite chipie que j'aime beaucoup. J'arrive donc, démarre l'attente à l'extérieur de la boutique tellement les gens sont malades et vont mourir bientôt. Je mate la vitrine de la pharmacie avec négligence, presque en passant. Elle arrive de dos pour chercher un flacon sur le présentoir. Je ne suis pas pressé qu'elle se retourne, je sais qu'elle descend des entrailles du ciel juste pour ma pomme. Il suffit d'y croire, de se débattre, de tout miser sur elle. En voulant s'emparer d'un sirop, elle renverse l'étagère en entier. Alors j'aperçois son visage, soulevé par le rire qui l'emporte. Ça la fait marrer, toutes ces choses par terre, ces médicaments en train de se répandre sur le sol de l'apothicaire. Son corps est petit, un mètre cinquante tout au plus, assez malingre, c'est un corps miniature, presque nain. Son visage est d'autant plus parfait, intact, qu'il se moque pas mal de plaire. Comme si ce n'était pas encore son affaire, de plaire à qui que soit. Deux dernières choses. Ses cheveux sont courts, châtain foncé. Ses yeux ressemblent à ceux du dessin animé *Candy*. Avec des étoiles à l'intérieur.

La pluie s'est enclenchée à lourdes gouttes. J'ai retiré mon bonnet et suis resté face à la vitre. Plus pour réfléchir que pour l'observer. Les joues me faisaient mal, mon sourire jouait les prolongations. J'ai pris un mort à Paris au bar d'en face, téléphoné à Justin pour prévenir de mon repos d'aujourd'hui. Le vieil élégant s'est fendu d'un monologue furibard :

« C'est la fin, Gabriel. Ce trotte-sans-couilles de Jovar m'a donné un ordre. Moi, trente ans de baraque et de syndicat. Et Jovar me donne un ordre. Tu peux pas imaginer ce que l'on ressent dans un moment pareil.

— Qu'est-ce qu'il t'a dit ?

— Rien, des conneries. Comme quoi, je serrais d'un peu trop près les stagiaires, que certaines s'étaient plaintes. Dans les couloirs, plus personne ne m'adresse la parole. Sauf Frank. »

L'aventure. Le dernier voyage. Décision prise au bout du deuxième mort à Paris malgré mes tempes qui tambourinent comme des folles. Je retourne avenue Junot, déboule dans la salle de bains, de nouveau conquérant, Fun Radio à fond la caisse sur le bord de la baignoire. Je me rase, m'enfile trois Cortancile en guise d'anti-inflammatoires. Le marin prépare son sac de navigation, emmène le strict minimum, juste ce que qu'il faut de matériel : bouteille de rhum, Strepsil miel-citron, Exomuc pour liquéfier les bronches, musc blanc et livre d'un auteur américain très superficiel.

Enfilage de la chemise qui me reste, je tire bien mes cheveux en arrière afin qu'ils ne frisent pas. Un peu de fond de teint, aussi, pour cacher mes plaques sur le front.

La pharmacie s'est transformée en citadelle imprenable. Je flippe avant d'entrer, repense à son rire de tout à l'heure et me pointe direct vers elle au comptoir: « Mademoiselle.

— Bonjour monsieur.

— J'ai mal à la gorge.

— Très mal ?

— Ouais, très mal. Mais c'est négligeable.

— Pardon ?

— Rien. Pouvez-vous me rendre un service ?

— ...

— Pouvez-vous me donner votre prénom ? Je n'arrive jamais à dialoguer avec des gens dont le prénom m'échappe.

— Alice, je m'appelle Alice.

— Génial, salut Alice.

— Alors, cette gorge ?

— Mouais, si vous vendiez des pastilles avec du miel et du citron, ça m'arrangerait bien.

— Avez-vous des difficultés à déglutir, vos amygdales sont-elles gonflées ?

— Mes amygdales sont effectivement ultragonflées.

— Permettez-moi de vous conseiller des suppositoires. C'est ce qu'on vend de plus efficace, sous réserve de les supporter.

— Allons-y, je supporte tout, sauf le mal de gorge. »

Elle se retourne quelques secondes puis me tend la boîte de suppos.

Je sors de la taule pour trente-deux francs, euphorique et vainqueur. Alice possède un accent des faubourgs digne d'un film d'Arletty. Plus tard, lorsque je le lui ferai remarquer, elle me dira qu'un soir de réveillon, alors qu'ils sont dix à batailler pour un taxi, un chauffeur la choisit juste pour le son de sa voix, avec cette phrase en supplément : « Dans ton accent petite, y a tout Paris qui s'encanaille. »

Je vais attendre dans le café d'en face que sa journée se termine. Je ne suis pas pressé.

J'ai tout mon temps et des suppositoires.

Qu'est-ce qu'on va devenir quand on n'aura plus mal à la gorge ? Il faut tenir, s'organiser. Sur la table du bistrot, une Leffe à la pression et une feuille blanche. La patronne, une vraie Gitane des quartiers chics, m'offre un œuf dur. Voyant le papier, elle demande : « Vous commencez un roman ?

— Presque », je rétorque, la mâchoire serrée. Combien de fois Sophie m'a-t-elle fliqué pour que j'écrive ? Je ne compte plus les cadeaux à messages délivrés par ma femme, stylo-plume, petit carnet juste pour prendre des notes, au cas où. Une nuit, après m'être scotché à une rediffusion du *Canard à l'orange* avec Michel Roux, j'ai réveillé Sophie pour lui apprendre la nouvelle : « Je vais écrire un vaudeville, chérie. » C'était une idée sincère, une idée pas forcément pour la faire chier. Mais ça l'a rendue folle. Un vaudeville, mais c'est pas croyable, un vaudeville qu'elle arrêtait pas de répéter comme si vaudeville voulait dire Holocauste, un vaudeville, pauvre con. Sophie voulait un mec qui soit l'auteur d'une œuvre forte. Une œuvre qui dénonce les injustices, la bourgeoisie et l'économie de marché. Une œuvre avec des morceaux de guerre et d'exode à l'intérieur.

Perdu, ma grande.

Un jour peut-être, je ferai un pamphlet sur la saloperie des mecs en amour. On peut difficilement faire plus dégueulasse comme sujet. Je suis inépuisable là-dessus, presque un océan. Le constat est simple, les mecs sont des enculés globalement constitués par la trouille. Des égoïstes pas si purs que ça. Eux, ils disent « indépendants » jusqu'à la trentaine, pour justifier qu'ils bousillent tout. Le truc, la solution, faut pas chercher bien loin, elle est simple, ils manquent de cœur. C'est tout. Même quand ils baisent, ils manquent de cœur. Personne ne peut grand-chose contre ça.

Moi, je suis comme les autres et bien pire sur certains points. Mais il y a ces quelques heures au commencement d'une histoire, ces questions qui me taraudent alors qu'Alice va finir sa journée, ces moments-là qui me rendent un peu moins mauvais. Comment l'aborder ? Je cherche, noircis ma page d'idées fatigantes, divague, commande une cinquième Leffe, rallume une cigarette et regarde les autres tables sans les voir. Alice va terminer son travail et je dois trouver quelque chose. Absolument. Un geste unique, un geste à raconter à ses petits-enfants plus tard, lorsqu'elle sera mariée à un autre que moi. Je regarde les gens du café. Deux petits groupes et quelques couples. L'idée germe. Parce qu'ils sont onze dans le café et que c'est un nombre impair.

Je suis revenu très vite avec mes roses sous le bras. La patronne m'a regardé d'un drôle d'air. J'ai commandé un whisky et une petite cuillère. J'ai bu le whisky et frappé contre le verre vide avec la petite cuillère. Comme certains continuaient à parler encore, je me suis perché sur une chaise en balançant des « s'il vous plaît » avec ma voix enrouée. La patronne paraissait inquiète. « Pardon de vous interrompre mais je suis amoureux et peut-être pouvez-vous m'aider. »

Le défi était simple et amusant. À tous, j'ai donné une rose en les suppliant d'attendre quelques minutes qu'Alice sorte de cette pharmacie. À tour de rôle et comme s'ils la croisaient par hasard, chacun devait lui donner la fleur sans dire un mot.

Ce fut un joli ballet. Alice accueillit la première rose avec stupeur, la seconde avec surprise, la troisième avec amusement. Tous les dix mètres, d'une poussette ou d'un Caddie®, de la main d'une vieille ou de celle d'un étudiant, une nouvelle fleur surgissait.

Du bistrot, nous avons observé le spectacle, la patronne et moi.

« C'est une belle idée que vous avez eue », m'a-t-elle confié.

J'ai pensé : « Une belle idée au service de vilaines choses », mais je suis un énorme romantique, alors j'ai répondu : « Oui c'est une belle idée. J'espère qu'elle sera efficace. »

J'ai attendu encore quelques secondes pour m'enfuir du bar. Dehors, il faisait sombre. J'ai pressé le pas. À n'y rien comprendre. La station Lamarck-Caulaincourt est à deux centimètres de ses orteils et qu'est-ce qu'elle fout, la belle Alice aux socquettes blanches ? Elle fait chier. Elle commence déjà à faire chier, bifurque rue Custine et continue jusqu'à Château-Rouge. Des trombes de flotte dehors, des pigeons qui meurent à coup sûr et mademoiselle, tranquille, les bras chargés d'épines, se la joue Premier ministre allant chercher sa baguette de pain. Moi, la goutte au nez certes, mais toujours là le vieil homme, toujours vif comme après six rails de bolivienne.

Métro Château-Rouge. Un monde fou. À croire que plus ça va, plus les gens travaillent et rentrent chez eux juste après. Rame qui se pointe. Bataille pour être dans le même wagon qu'elle. Je t'aime Alice, j'en pince pour toi, tes aisselles, tes égratignures et ton odeur au petit matin. Eh, Alice, je me réveillerai avant ton sommeil, j'irai t'acheter des petits pains aux Abbesses qui émergent et la presse aussi. Je te préparerai le plateau-réveil du mois et me laverai les dents avant d'aller te rejoindre. Ose me dire que c'est pas tentant, comme programme.

Je me penche encore plus que d'habitude, le bonnet bien enfoncé, le nez dans mon écharpe, essentiel qu'elle ne s'aperçoive de rien.

Si Sophie me demande ce que j'ai fait aujourd'hui, je lui réponds que j'ai séché les cours et ce sera la juste vérité, qu'on ne m'emmerde pas avec la fidélité ou l'infidélité. Articulez ces deux mots et vous verrez que la différence de prononciation est vachement minime. Descente Gare-du-Nord. Je vais me retrouver chez Tony Blair si ça continue. Croisons les doigts pour que ma dernière rose, coincée dans mon sac, existe encore. RER, maintenant. Stade de France, Aulnay-sous-Bois et Paris qui s'échappe.

Villepinte, tout le monde dehors. La salive disparaît et le pouls s'accélère. Courage, Gabriel, Dieu est amour, comme toi, ce qui vous fait un sérieux point commun. Le parvis de la gare s'orne d'un monument aux morts et peut-être même – pourquoi je pense à ça d'un seul coup? – de gens morts à l'intérieur. Plus loin, il y a une pancarte intitulée « Villepinte, ville fleurie ». Les boutiques, par pudeur, ont baissé leur rideau de fer. Sur les grands boulevards, on illumine le moindre jouet comme dans un loft de parvenus. Mais à Villepinte, on sait faire gaffe à la beauté des choses. Alice marche, s'enfonce dans la rue principale et c'est un peu comme en parachute, vous voyez, seulement qu'aucun sergent n'est là pour me foutre la pichenette qui déclenche le grand saut. Elle marche assez vite, les bras croisés contre ses fleurs parce qu'il fait froid pour un soir d'été.

Fin des réflexions. Prise directe de la première rue perpendiculaire que je trouve. Course d'épileptique pour prendre à droite et recourse d'épileptique pour se retrouver face à elle dans la rue principale. C'est agréable d'être essoufflé, ça libère la cervelle et tout fonctionne à nouveau. Juste le temps d'ôter mon bonnet péruvien et de sortir la rose du sac. Rose décharnée, minable, pathétique. Pour l'instant, son regard n'a pas percuté, il bloque sur ses chaussures et je suis le type qui dans douze secondes va stopper le char place Tiananmen et franchement, je suis pas hypercertain d'y arriver. La rencontre se produit à quelques centimètres du choc. On reste immobiles, tous les deux, à se mater comme une petite naissance, avec un froid tellement froid qu'on aimerait bien se blottir dans la bouche de quelqu'un d'autre.

Elle sourit :

« Ça m'arrive souvent de conseiller des suppositoires, c'est la première fois qu'ils se retournent contre moi.

— Ouais, je me suis enfoncé le premier, et hop, je suis tombé amoureux.

— Dingue. Et romantique, avec ça.

— J'ose à peine introduire le deuxième.

— C'est une boîte de combien ?

— Douze.

— Ça ne vous fait que six jours à tenir. »

Elle commande une bière et moi une tisane pour faire sérieux. Pas la peine de l'affoler inutilement. On parle de choses et d'autres et je tâche de renifler le moins possible. Elle est vendeuse dans cette pharmacie et pas laborantine, « nuance », me précise-t-elle. Nous sommes dans le dernier bar de Villepinte encore en vie. Il y a un match de foot sur les télés mais peu de gens regardent. Ils semblent hésiter entre l'écran et leur bière au comptoir mais c'est leur bière qui gagne peu à peu. Alice porte des baskets grises, un jean chétif et un pull à col roulé mauve. Elle prend bien soin de choisir ses mots pour parler de sa mère. Pas très heureuse, la mère, pour tout résumer. Je tente de relancer à chaque reprise et me cogne à la philosophie du « pas trop ». Pas trop sur la défensive, pas trop de lecture, pas trop de cinéma, pas trop d'espoir non plus. Alors quoi, je m'énerve, faut quand même aimer certains trucs Alice, au moins donner cette impression.

Alice tente un effort, effectue un tour d'horizon sans bouger, dans le vague de ses yeux bourrés d'étoiles, puis me confie que ouais, la photo, elle aime bien, et la danse, et le funk aussi. Me voilà pas dans la merde. Pourtant, elle se rapproche et montre de l'index le billard derrière moi.

« J'adore le billard aussi, j'y jouerais des heures. »

Gabriel se lève, balance dix balles dans la machine, commande deux vodkas pour commencer, bref, Gabriel décide de prendre les choses en main. Alice commence à rire et nous jouons, nous jouons et les boules défilent de toutes les couleurs, essentielles et sans importance. Et je commence à pouvoir lui parler. Et les gens s'en vont, doucement, sans qu'on s'en aperçoive. Et les chaises, presque d'elles-mêmes, se dressent à l'envers des tables. Et la lumière se fait moins forte et ne s'intéresse plus qu'à notre tapis vert. Et la vodka continue. Et le patron nous parle du Maroc, son pays, et il se touche le cœur lorsqu'il dit ça et je ressens tout à fait ce qu'il veut dire. Et le patron nous emmène dans le désert, après Zagora, le désert qu'est tout simple mais pas si facile à comprendre.

Et moi je serais bien resté dans ce café avec elle et le patron, à jouer au billard sans voir grand-chose, à se toucher le cœur toute une vie durant.

9

Un métier qui n'existe pas. Un couloir de chaîne ultra-dangereux. À ne traverser qu'avec gilet pare-balles. Beyrouth en moins talentueux. Mais bon, j'ai le sourire, pas la peine de raconter pourquoi. J'ai raccompagné Alice jusqu'à son petit pavillon sans même l'embrasser. Trop beau dans le ciel pour qu'on s'embrasse. Je suis dans le bureau de Justin et Justin est en pleine déliquescence comme pas possible, il y a Frank aussi, égal à lui-même, impérial, qui dégage des flammes. Il doit être onze heures trente du matin et l'homme roux nous prépare des rhums cannelle-sucre avec glaçon en express pour ma gorge. J'ai les pieds sur le bureau de Justin et je trouve que l'existence est une invention ultrachouette, enfin qu'il faut la prendre comme telle, lucide sur toutes les merdes qu'elle comporte, mais une invention ultrachouette malgré tout. Je regarde Justin. Je l'imagine dans un couloir du Quai des Orfèves, assis sur un banc, entre deux flics, les poignets regroupés par une paire de menottes : « Quand j'en croise une, maintenant, j'ai même peur qu'elle me regarde, marmonne-t-il, le pauvre gars, j'ai la sensation d'être fliqué en permanence, qu'on cherche le moindre faux pas pour m'allumer. Gabriel, toi qui me connais, tu peux leur dire que jamais, j'ai abusé vraiment. Les stagiaires, pour la plupart, elles veulent devenir attachées de presse, vrai ou faux ? »

Frank et moi, on acquiesce direct. On sent que c'est pas le moment de perturber Justin. Il poursuit : « Bon, se laisser faire un brin, ça fait presque partie du boulot, hein les gars ? »

Et c'est vrai qu'on peut pas lui donner tout à fait tort à Justin, bien qu'il reste assez maladroit dans le choix des mots.

Frank a conclu l'affaire en balançant : « T'en fais pas Justin, on va arranger ça. » Je voyais pas trop comment, mais j'ai pigé qu'il réussirait quelque chose. Frank est complètement le gars à réussir ce genre de truc.

On est restés encore un bon bout de temps, à remettre des choses essentielles en question, à évoquer Martine qui avait déserté France 3 depuis trois jours pour cause de coup de foudre avec un Savoyard. Un type qu'elle avait rencontré dans l'épicerie au coin de sa rue le soir de la mort du chat. Comme quoi, à tout malheur et ainsi de suite.

L'histoire, c'est que Martine était chez elle et que le carburant commençait à manquer. Donc, la mère se fend de quelques mètres vers l'épicerie pour une autre bouteille de scotch. La démarche normale jusqu'à présent. Mais qu'est-ce qu'elle découvre dans l'épicerie, la petite ivrognesse aux cheveux sales et aux yeux bouffés par l'alcool ? L'amour en personne. Tel quel. Un camionneur de Moûtiers accro de la montagne. Le coup de foudre, d'entrée. Justin nous raconte qu'ils ont d'abord baisé dans le quinze-tonnes, histoire de pas commencer sur de mauvaises bases, que Martine, son chagrin pour le chat était si fort qu'il avait donné des ailes à sa libido et que voilà Nounours (c'est comme ça que Martine l'appelle, discutons pas), ni une ni deux : direction Moûtiers, le chalet, les télésièges et le vin chaud.

La dernière fois que Justin l'avait eue en ligne, Martine venait de faire l'amour dans la neige et – texto – la dame avait déclaré : « On était à poil et le froid de la neige me tiraillait le dos mais c'était bon. »

« Le plus chouette dans tout ça, ai-je déclaré soudain philosophe, c'est que Martine picolait sec parce qu'elle manquait d'amour, ça lui permettait de rêver encore un peu. Un soir elle va chercher sa dope et c'est la démarche d'aller chercher sa dope qui la sauve. »

Frank et Justin ont approuvé. On était bien ensemble, la résistance s'organisait tout doucement.

Il faut tenir jusqu'à dix-sept heures. Je pars dormir sous mon bureau. Fabienne Poulain fignole une pétition en faveur des attachés de presse en Tchétchénie. Un appel du gardien m'informe qu'une « dame se trouve à l'accueil pour moi ». Quelqu'un pour moi, enfin. Et Sophie est dans le hall. Un nourrisson dans les bras. Elle a le visage d'une fille qui vient de faire une jolie bêtise, qui revient des soldes ou du quai de la Mégisserie, à la fois drôle et touchant. Elle explique : « Je promenais le petit de ma cousine et comme tu ne l'avais jamais vu... »

Je l'embrasse, la félicite pour la bonne idée, vérifie que le hall est bien désert. « N'y vois pas de ma part... enfin, ça n'a rien à voir avec une envie quelconque. » Je lui dépose un baiser sur le front. Sophie, petite fille, enfant d'un pauvre rêve, qu'est-ce que je suis devenu ? Elle me tend le bébé. Le gardien Michel souhaite prendre une photo et je rétorque que c'est pas la peine. J'ai le nouveau-né dans les bras, il doit faire douze centimètres, avec une telle trouille de le laisser tomber que mes muscles se paralysent. Je mate cette petite boule de vie. Douze centimètres et déjà de la vie. Je reste un long moment comme ça, à observer chaque repli de sa petite main, de sa bouille étrange. Il commence à pleurer et je le redonne à Sophie. En partant, je lui dis qu'elle est belle. Elle me rétorque d'être à l'heure au dîner, ce soir, chez ses parents. Et les parents sont comme l'amour. Ils tiennent à pas grand-chose.

J'aime bien Denis, moins qu'avant peut-être, ce n'est pas le problème. Mais depuis le début, une chose assez étrange se passe quand on lui parle. Il est toujours en train de regarder au-dessus de votre épaule pour voir s'il n'y aurait pas mieux à discuter ailleurs. C'est pas forcément méchant, plutôt une sorte de tic, une démarche malgré lui. Bref, me voilà sur une banquette du Zebra Square, en train d'expliquer que je ne suis pas mort tout à fait, qu'hier soir en tout cas, j'avais été capable d'imagination, voire d'une certaine forme de sincérité, qu'elle s'appelle Alice et que depuis 24 heures, son visage se pointe partout où mon regard se pose, que si tu voyais ses yeux lorsqu'elle te fixe, Denis, son petit corps fragile, sa silhouette de roseau qui ne veut plus grandir, tu serais sûrement un peu plus dans ce que je raconte.

Mais Denis n'écoute pas. Son objectif est le mec derrière moi. Je me retourne.

« Je te parie ma tête que j'ai déjà acheté de la coke à ce type », articule-t-il. Ce qui reste de mon ami se lève et se rend à la table du marchand de frisson dans la nuque. Moi, je termine mon verre, presque tranquillement. Ce soir, Denis est également de la fête, Mme Sivard l'ayant trouvé fort génial au mariage, dès l'instant où l'autre a mi le doigt sur son glorieux revenu mensuel.

Fait exceptionnel, je commande des cigarettes au serveur. Dingue comme je change. Jamais, avant de rencontrer Alice, je n'aurais fait une chose pareille. Je me serais déplacé dans un tabac pour acheter mes cigarettes.

Plutôt faire six arrondissements à la suite que de choper des Marlboro light dans le bar où je me trouve. Là, je m'en tape, j'ai le sourire. Je demande juste des légères, le pingouin me propose « Marlboro » et je rétorque « Très bien », limite si je ne l'embrasse pas pour le remercier. La marque des clopes que j'achète ne m'intéresse plus, mon énergie est concentrée sur autre chose, avec l'intuition que les jours à suivre ne vont pas être simples.

Je suis là, façade assise au Zebra Square, ami éclipsé aux chiottes pour s'enfiler trois lignes, avec à l'intérieur de l'organisme des cellules bien décidées à se serrer les coudes. À livrer bataille pour deviner le vrai parfum d'Alice.

Denis se fait attendre et nous commençons à être en retard. Mais ce qu'il faut. Je sors mon portable avec précaution, tel un talisman, le dépose debout face à mon histoire, histoire qu'il se mette à parler plus facilement. Coincés dans ma poche, les appels essentiels risquent de finir étouffés.

Je lui ai laissé mon numéro. Alice voulait en faire autant mais j'ai refusé. Je suis con, parfois. Le genre élégant tellement con. Dans le taxi, Denis se gave de blanche agressive et commence à trouver tout prévisible. Alors que je continue sur Alice, il ajoute : « Arrête avec ton histoire. Les histoires d'amour, c'est un phénomène de mode. » Je sais plus qui a raconté que la coke rendait lucide, peut-être, mais ça y est, on est maintenant tous très lucides depuis un bon paquet d'années.

La gueule de Denis est assez basse, à quelques centimètres de son assiette. Il avance son cou dès que le professeur Sivard l'ouvre. Il bouge sa mâchoire bizarrement comme s'il allait dévorer la table :

« Tout c'qu'y s'apprête à étaler, j'le devine », m'annonce-t-il discrètement. Je simule une présence souriante et acquiesce lorsque mon verre se remplit de bordeaux. Dans l'ascenseur, en mettant mon portable sur messagerie, j'ai cru commettre un infanticide. Si Alice m'appelle, je ne pourrai pas décrocher. En lieu et place d'échanger quelques mots avec ma petite fée aux cheveux noirs et à la probable attractive chemise de nuit, j'écoute la culture triste de beau-papa. Et observer Sophie ne peut me rendre qu'encore plus maussade. Sophie ne regarde pas son père, elle lui lèche le cul avec les yeux. La mère est là, fidèle à sa bêtise crasse, évoquant l'achat d'un canapé dégriffé pour sa maison de vacances au Touquet. Le père en rajoute dans les exploits essentiels : « Une statue tragique que l'on avait imposée à l'entrée de Cochin sans mon autorisation. Laissez-moi vous dire qu'en quinze jours, elle s'est retrouvée dans les sous-sols de l'hôpital. La prochaine fois, ils me consulteront avant d'agir. »

Je choisis la fin du dernier mot pour sortir le chien. La vieille rigole : « Mais qu'est-ce que ne ferait pas Gabriel pour fumer sa cigarette ! »

Gabriel couvre d'un clin d'œil complice la remarque taquine et s'empare de la laisse. Les clébards ont ceci de commun avec la sortie des sacs-poubelle qu'ils permettent à l'adultère de survivre. Une fois dans le square, la phrase tant redoutée résonne : « Vous n'avez pas de nouveau message. » Ils pourraient faire gaffe, chez Itinéris. Se fendre de deux, trois efforts, tout de même, les concepteurs de boîtes vocales : « Concrètement, vous n'avez pas de nouveau message, mais six fois en une heure trente, elle a essayé de vous joindre et, tombant sur le répondeur, elle a raccroché. D'après nos statistiques, cela prouve qu'elle est déjà très amoureuse. »

L'horrible truc à poils blancs choisit les quelques mètres qui le séparent de mes chaussures pour chier radicalement. Je n'ai jamais vu chose plus immonde en train de se faire. Au même instant, du fond des coutures usées de ma veste, la petite musique annonce que c'est peut-être Alice qui me désire tout court, que ça ne peut être qu'Alice. Que si ce n'est pas Alice, alors vraiment, la planète mérite qu'on lui tourne le dos.

« Allô ?

— C'est Alice.

— Bonsoir Alice.

— Gabriel, demain, après la pharmacie, vers dix-sept heures, je peux passer prendre le thé ?

— Oui, tu as de quoi noter ?

— Ça y est.

— 42 avenue Junot, code : 64B21.
— Je t'embrasse. Je ne peux pas parler beaucoup plus. »

Alice a raccroché. Elle m'embrasse et ne peut pas parler beaucoup plus. Je retourne vers l'ascenseur aussi léger qu'un songe amoureux. Impossible d'en dire plus, de rajouter quoi que soit.

Quelque chose me dit que cette sensation a débarqué sur terre depuis déjà pas mal de temps.

10

La gueule de Jean-François Dubois est une gueule écrasée. Il fume la pipe et porte des costumes verts mais ce n'est pas ça qui le rend terne. Enfin pas seulement. Il a été nommé directeur de communication de France 3 par une suite ininterrompue d'aberrations. C'est le charme du service public : son incompétence lui confère son humanité. Contrairement aux amazones du couloir « presse », j'estime M. Dubois. D'abord parce que cet homme n'est pas à sa place, toujours mal à l'aise, ne comprenant en rien à quoi rime son travail. Ensuite parce que la révolte gronde jusqu'aux veines de ses tempes. Son job est une bulle de mauvais savon et il le sait. Jean-François, mon frère, regarde tes mains, tu as les mains d'un honnête homme. Tu devrais être ailleurs, à l'air libre, en train de travailler la terre ou le bois, au-delà de tout ce vide insupportable. Voilà ce que je pense en le regardant, seul sur ma chaise car convoqué dans son bureau, Jovar en arrière-plan, étrangement déguisé pour un jeudi matin, l'œil au beurre noir et le bras dans le plâtre.

« Gabriel, pourquoi ne répondez-vous pas ? À quoi pensez-vous ?

— À rien, je pensais juste à vous, Jean-François. Je me disais que vous étiez un type bien.

— …

— Et ça me rendait triste, c'est tout. »

La pipe du directeur se met à fumer de gêne et de colère. Il doit sentir le regard de Jovar s'incruster dans son épaule.

« Tout de même, Gabriel. Stéphane Jovar ici présent possède l'intime conviction que les vandales qui l'ont tabassé hier soir étaient envoyés par Frank Lespinnasse.

— Ne pourrait-on pas me lâcher un peu avec Frank Lespinnasse ! Je ne me souviens même pas l'avoir rencontré, ce type. »

Jovar reprend son souffle, on sent bien que sa révélation ne va pas être simple, que lui-même, malgré son infinie médiocrité, a pourtant l'impression de se cracher encore dessus : « En tant que nouvel adjoint à la direction, je me devais de rappeler certaines directives à Justin Maurac, concernant ses relations avec le personnel en général et les stagiaires en particulier : ce que j'ai fait hier en fin d'après-midi en la présence de Frank Lespinnasse. Dire qu'à la suite de ce bref entretien, Frank m'a regardé avec violence tiendrait lieu d'euphémisme. »

Bien sûr, j'aurais pu avoir un peu de courage, voire d'énergie. J'aurais pu lui balancer une claque ou lui cracher dessus tout doucement. J'ai réussi à m'extraire de la chaise pour regagner la porte, sans un mot.

En tentant de croiser le regard de Jean-François Dubois, j'ai vu le front ridé d'un homme penché sur son clavier d'ordinateur.

Il est midi trente et je m'en fous. Pas question de travail pour cet après-midi. De l'amour, de la préparation, du rangement, différentes sortes de thés, des petits gâteaux : chocolat, amandes et fruits des bois.

Avant la joie, je vais rejoindre Sophie à l'Odéon pour déjeuner d'une tarte-salade dans un café en bois presque à la mode. Je me sens coupable. Depuis que je l'ai vue regarder son père, je la déteste à nouveau. Elle me cherche, m'engueule parce que j'ai commandé un mort à Paris en guise de café, ne me trouve « pas du tout réceptif ».

Le déménagement a lieu dans quinze jours.

Quinze jours et presque autant de nuits. Quinze dîners et quinze matins qui se lèveront sur les petites fesses brunes d'Alice. Quinze jours : une vie, pratiquement.

Benoît est là, enfoncé dans mon fauteuil, un éternel pétard entre les doigts. Depuis le retour avenue Junot, mon taux d'adrénaline a diminué. Chaque geste de rangement me pèse. Et de voir Benoît dans mon fauteuil n'arrange pas les choses :

« Je te croyais déjà parti, petit rat.

— Nan, pas encore. Pourquoi tu te casses la tête puisque tu vas emménager ?

— Pour Alice.

— Pourquoi tu te fais chier avec Alice puisque tu vas vivre avec Sophie ?

— Parce que je ne vis pas encore avec Sophie. Parce qu'il me reste encore deux semaines à vivre, ducon.

— Ça rime à rien ce que tu racontes. C'est pas constructif.

— Peut-être, ouais. Mais le fait que ça rime à rien, Alice n'y est pas pour grand-chose. C'est pas une raison pour mal la recevoir. »

Vaisselle, linge, bouteilles de J & B, de rhum, rasoirs en légion, je poursuis les préliminaires de la rencontre avec les bras lourds de sacs-poubelle, les idées grises et le cœur gros.

Il me faut deux Xanax pour calmer le jeu, pour m'asseoir sur les marches après avoir allumé une cigarette, pour attendre que le bruit de ses pas me parvienne. Progressivement, je finis par me détendre, par me faire à l'idée que mon dernier bonheur arrivera par l'escalier. Nous nous sommes fixés de manière assez distante et délicate. Elle, en bas des marches, les joues pâles et le nez rougi par la montée, son air mutin, sa petite tignasse noire aux cheveux courts, à l'odeur obscure et forte. Elle ne semble pas surprise de me voir ainsi, sur le palier de la porte, les yeux déjà malades à l'idée de cet après-midi sans issue. Ses baskets japonaises franchissent les marches une à une, avec un brin de désinvolture et d'appréhension feinte. Elle s'accroupit et dépose ses mains sur mes genoux comme un oiseau, belle ainsi, actrice italienne, portant cette comédie à bout de bras malgré l'absence de moyens.

J'attends que la minuterie s'éteigne pour la respirer. Nous commençons tout doucement, les lèvres sèches. J'essaye de faire gaffe pour une fois, d'être attentif aux petites choses. Et je me sens mieux, sans âge, endetté certes, mais jusqu'à demain matin pour ne pas y réfléchir.

Poussière sur la table, marque de crasse sur les vitres, elle fait l'inspection des lieux avec un air de procureur indépendant, m'interroge d'un coup de menton sur les premiers cartons, sur cette petite fin qui commence.

« C'est parce que je viens d'emménager, Alice. Tu sais, je suis jeune encore. Ma vie débute à peine. »

Je la guide vers la table basse et, fier de mon goûter délicat, l'invite à prendre place. Elle me rembarre sans un mot. Fixe, debout, sèche, fière et boudeuse. Je reste coi. Elle précise en jetant un œil sur les préparatifs qu'elle n'aime pas les sucreries. Silence. Nous ne bougeons plus. Elle retire sa veste et la laisse choir sur le sol, se dirige vers les piles de bouquins et de vidéos. Je prie pour qu'elle ne s'attarde pas sur les titres des cassettes, composées à quatre-vingt-dix-huit pour cent de films amateurs. C'est évidemment ce qu'elle décide.

« Ce sont des pornos amateurs. C'est mon côté fenêtre sur cour. J'adore jeter un œil sur la voisine d'en face.

— Quel rapport avec la voisine d'en face ?

— Un porno amateur diminue la notion de représentation. C'est comme d'apercevoir une gêne, une intimité qui ne nous concernent pas. Comme regarder la voisine d'en face alors qu'elle se brosse les dents.

— On se brosse les dents dans les pornos amateurs ?

— Pas assez. »

Elle s'effondre sur le canapé, de tout son poids, l'air plus confiante que tout à l'heure, retire ses chaussures et poursuit la conversation : « Moi, ce que je préfère, c'est plutôt les dessins animés. Les histoires de lutins, dc dragons rouges, de démons femelles. »

Ses chaussettes valsent et, maintenant face à la fenêtre, elle retire son pull-over. Sa peau est brune, parfaite : « Autant te prévenir, Gabriel. Je ne fais pas ça pour baiser. Juste pour que tu sois invisible. Juste pour t'offrir la voisine d'en face une fois pour toutes. Je vais faire comme si tu n'étais pas là. C'est mon cadeau, ma façon particulière de t'offrir des sucreries. »

Comme si les lieux lui étaient familiers, elle s'élance vers la salle de bains et retire son pantalon dans la course. Petite culotte blanche et soutien-gorge assorti. Elle s'empare du dentifrice, commence à se brosser les dents, fait éructer le poste sur Fun Radio et, après avoir retiré ce qui lui reste de vêtements, se met à danser dans tous les sens. Cheveux qui virevoltent et petites fesses aussi. Seins trop chétifs qui demeurent impassibles et font corps avec son buste.

Ensuite et dans l'ordre : elle prend une douche et cale longtemps la pomme entre ses cuisses, s'essuie le sexe avec un de mes T-shirts, fait quelques pompes toujours à poil, se lèche les pieds, prend une crème dans son sac et, tout en restant dans le salon, se l'applique sur le corps. C'est cet instant que choisit Benoît pour reprendre son tire-bouchon. Alice, très zen, lui propose de faire comme si elle n'existait pas. Et, comme c'est drôle, il n'existe plus qu'elle.

11

Nos destins sont liés, Gabriel.

Dans un pub enfumé de l'Hôtel de Ville, Frank enchaîne les petits verres de bourbon sans toucher à sa bière. Gabriel, qu'il répète, je sais des choses, disons que je les devine, je suis le dernier relais avant que tu t'en ailles. On a l'impression qu'il parle du ventre ou des joues, avec un filet de voix caverneux. Un spectre a dévoré le reste. N'emménage pas, Gabriel, n'emménage pas. Si tu emménages, je meurs avec toi. Je fais mon possible pour le calmer, lui explique que tout va se poursuivre, que je suis à ses côtés, sans oser relever la tête. Il ne lâche pas mon avant-bras : « Regarde-moi, Gabriel, j'arrive à voir demain, les semaines et les mois qui vont suivre. Il faut que tu partes. Dans peu de temps, tu ne pourras plus rien faire. »

Enfin, plus lentement, il se rapproche de mon visage : « Tu vas même trahir mon amitié, Gabriel. »

Je n'ose pas lui dire qu'il me paraît loin, que l'amitié n'est qu'une attitude démodée, que je n'ai pas forcément envie de le connaître davantage. Je ne me sens plus d'attaque pour les histoires fortes, pour l'illusion, pour écouter les prières enfantines et déplacées de Frank Lespinnasse.

J'ai traîné sur les quais avant de retrouver l'avenue Junot. Simplement pour savourer. Ce n'est pas que la vie avait retrouvé du sens, loin de là, on se cognait toujours contre les choses, mais Alice rendait l'habitation plus acceptable et même – osons le dire – plus mystérieuse. Benoît avait réintégré sa grotte vite fait et Alice avait rejoint le canapé toujours à poil et les cuisses bien écartées. J'ai respecté le jeu à la lettre. Le jeu doit d'ailleurs être l'un des rares trucs que je respecte. Je ne l'ai pas touchée, donc. J'ai juste rampé jusqu'à elle, avec délice. J'ai respiré ses pieds, ses mollets, ses adorables débuts de poils durs qui dépassaient un tout petit peu, ses cuisses d'enfant qui sentaient la vanille, son sexe menu, épais, brillant. Pudique, j'ai fermé les yeux pour m'en imprégner. Impossible de les conserver ouverts face à ses petites lèvres bouleversantes. Mon nez, aux premières loges, à quelques centimètres du joyau, récolta de belles odeurs, très diverses et contradictoires. Il y avait de l'épice, du sel, du matin, du gel de douche, de l'Afrique et un début d'explication à l'univers. Et puis quelque chose d'autre. Quelque chose qui vous donnait envie que tout s'arrête enfin, qu'un gouffre vous accueille pour mourir tranquillement.

Manteau de cuir au col remonté jusqu'au menton, pour un type qui n'avait pas mis les pieds dehors depuis deux ans, Benoît faisait un peu peur. Second détail étrange, d'autres personnes en état végétatif trônaient dans son salon. Mon voisin tournait sur lui-même, s'exposait sans crainte aux regards surpris de sa nouvelle garde rapprochée. Il y avait Caroline, aide-soignante bien en chair, qui passait lui faire l'amour trois fois par semaine. Ses deux plus anciens dealers : Clara, juive aux fringues blanches du Sentier (cocaïne, ecstasy) et Philippe, joues creuses et Doc Martens survivantes (héroïne uniquement). Je voyais le moment où Benoît allait sortir son gun et s'en balancer une pour toutes les autres jamais balancées, histoire qu'on n'en parle plus. Mais non. Il me regarda : « Gabriel, un déclic s'est effectué à la vue d'Alice. J'ai eu envie d'aller prendre l'air. D'en profiter pour tenter de sortir dès ce soir. Croiser d'autres gens. Et même, prendre le métro. Je me sens prêt. Mais tout seul, je pourrai pas. »

Il était une heure trente du matin et j'en aurais chialé. Merde, mon voisin. Même mon voisin ne pouvait pas attendre une petite semaine supplémentaire que je déménage. Pourquoi ce soir, pourquoi maintenant ? Lui qui pendant deux ans avait été l'une des pièces maîtresses des vendredis soir. Toi, Benoît, le sédentaire qui apportais la touche de tristesse et de poésie au petit matin, lorsqu'à quelques-uns nous finissions l'orgie sur ton bar amerloque, en grattant les poussières de poudre pour ne pas redescendre tout à fait. Toi qui dès le samedi onze heures, alors que ma chambre s'était métamorphosée en kibboutz, venais rendre visite aux jeunes personnes trop fatiguées pour aller dormir plus loin.

J'ai appelé l'ascenseur, sans rien dire. Nous nous sommes serrés pour tenir à cinq et l'objet a tenu bon. Benoît a d'abord harponné les coudes de ses deux revendeurs, puis s'est mis à marcher seul et même un peu en avant. Au fur et à mesure, il a pris de l'assurance.

Il ne restait plus grand-chose de mon vieil ami. Un passe-muraille, un fantôme enfin libre de ses quatre murs. Je suis allé m'endormir le cœur gros, aussi impuissant qu'une mère dont le fiston s'éloigne vers la vie active.

Signature pour le nouvel appartement. En avance de cinq bonnes minutes. Et pas seulement pour me débarrasser de la tâche. J'ai vu Sophie arriver de loin, et je l'ai trouvée belle, émouvante. Je me suis surpris à l'aimer. À aimer cette volonté qui la faisait porter notre couple depuis des siècles. Où les femmes vont-elles chercher cette poigne ? Cette énergie jetée par la fenêtre pour les beaux yeux d'une illusion. Bureau de fonctionnaire bulgare. En face, une grosse dame souriante et le même contrat en cinq exemplaires. Les initiales doivent être déposées en bas de chaque page. Recto et verso. C'est excessivement long. G. S., G. S., G. S., lu et approuvé. Ça y est. Les rêves de Gabriel Salin sont relégués en nationale 1. Là où plus personne ne chante dans les virages.

Que celui qui n'a jamais dîné avec son ex-copine me jette la première pierre. Trois ans avec Hélène, une façon de se mettre à quatre pattes avec une gentillesse inouïe, de vous sucer comme si sa courte existence en dépendait. Un amour, un cœur adorable, capable de flasher sur les Smashing Pumpkins comme sur *Independance Day*. Toujours de bonne humeur. Au pays d'Hélène, pas d'hystérie collective, pas le moindre gros mot, juste du savoir-vivre. J'ai préféré rompre.

À l'époque, je n'avais pas encore revu à la baisse mes ambitions sentimentales. Rendez-vous dans une brasserie à l'angle mort de la rue Mazarine.

Bonsoir Hélène, on se serre dans les bras, on est sœurs malgré tout, sœurs éloignées depuis trop longtemps, c'est bon de te revoir, je… je ne sais par où commencer, par… toi, toi, as-tu un mec ? Enfin, que deviens-tu ? Ta vie, je veux dire, est-ce que tu as un mec-qui-te-baise-comme-il-faut ? Nan, Hélène, tu me connais, ce que je veux savoir, c'est juste si tu es heureuse, le reste, je m'en tape. Que d'autres hommes aient pu te faire ressentir la même chose… Hélène, est-ce possible que d'autres hommes aient pu te faire ressentir la même chose ? En mieux, je veux dire. Hélène, tu veux pas un apéritif ? Hélène, arrête de déconner, tu vas te métamorphoser en diablesse inoubliable si tu continues, du genre à me faire réaliser l'énorme connard que je suis de t'avoir lâchée. Hélène, franchement, plus les verres passent, plus tu es merveilleuse. Pourquoi on s'est quittés déjà ? Qu'est-ce qui m'a pris, de vouloir rompre, toi qui ne m'a jamais pourri l'existence avec un mariage ou un appartement commun ? Tu vois, à l'époque, j'avais pas encore pigé que ce n'était pas grave d'aimer un peu moins la fille qu'au début. Hélène, franchement, à quoi ça sert que les hommes tombent amoureux des femmes puisque tu t'es mise à pleurer le jour de mon départ ? Pourquoi le reste me paraît loin et pourquoi je me rappelle toutes les secondes de ce soir-là ? Saumon à l'aneth en plat de résistance, très bon choix, Hélène, tes études de chimie se poursuivent pour le plus grand bien de l'espèce humaine, très bon choix, Hélène, la médecine. Hélène, tes muscles, est-ce qu'ils se mettent à transpirer comme avant, lorsque tu commences à jouir comme si ta peau n'existait plus ? Hélène, ça rime à quoi que l'on dîne ensemble ? C'est pour quoi faire ? Je n'ai pas entendu ce que tu viens de dire. Pardon ? Un jeune interne en chirurgie. Il travaille à Marseille, il s'appelle Samir, il est libanais, je l'aime, je crois que je l'aime, Gabriel. Un digestif. Un digestif. UN DIGESTIF s'il vous plaît. Un truc à boire qui brûle au ventre, qui fasse piquer les yeux. Je veux un digestif. Un extrafort contre le passé, les Libanais et les ventres qui se collent contre la peau des suivants.

Il est triste ce restaurant, il me semble n'en avoir jamais douté. Mon alcool de poire non plus ne tient pas la route. Hélène parle, m'explique avec application à quel point notre histoire restera unique, inoubliable. Mais la concentration se fait plus difficile. À la table d'à côté, un jeune couple vient de passer commande. Ils doivent avoir vingt ans tout au plus. Je tâche de les mépriser mais n'y arrive pas. Ils sont beaux et amoureux comme dans les premières semaines. Impossible de voir autre chose. Il n'y a qu'eux.

On devrait leur offrir des ponts d'or, s'incliner bassement, les exonérer d'impôts et jeter un œil au-dessus des nuages pour mieux les voir se bécoter.

12

Y a pas trente-six sortes de camarades. Juste deux. Passons sur la première puisque eux-mêmes ne font que passer. La seconde n'est composée que de quelques-uns. Quelques-uns assez tordus pour ne pas te lâcher le matin de ton déménagement. Il m'a fallu cinq heures pour mettre ma vie dans des cartons. Pour une fois, elle avait une gueule presque cohérente. En rangeant, je suis tombé sur des trucs pas croyables. De très vieux papiers. Des lettres de Sophie magnifiques, fortes et sereines. Plus jeune, j'avais dû commencer par être plein d'avenir.

Les yeux craquelés de rouge, Denis fait trois choses à la fois. Il nage sur la moquette, supplie qu'on ne lui fasse porter que du pas trop lourd et mate la vidéo du *Fréquenstar* avec Pierre Palmade comme invité. Frank essaye de convaincre Benoît de me convaincre de ne pas déménager et les chiottes sont occupées par Erika, nouvelle copine de Denis, membre de l'Est trouvée rue des Maraîchers et cousine éloignée d'un producteur d'effets spéciaux pour 13ᵉ Rue.

Mon père est arrivé avec son petit cigare et sa camionnette. Nous avons porté, descendu, monté et porté de nouveau. Et Denis parlait de moins en moins. Je regardais Benoît ressuscité, Benoît en plein air et pantalon de survêtement, plus actif qu'un type qu'on aurait payé pour ça. Et le 42 avenue Junot s'est peu à peu évanoui, pour devenir autre chose de plus grand, de plus anonyme. Et

Frank semblait ne pas s'en remettre alors qu'il y mettait les pieds pour la première fois. Et nous avons soulevé le lit, sommier magnifique qui aurait mérité médaille sur médaille tant il en avait supporté. Sous la légende, quelques capotes roses hagardes. D'où venez-vous mesdemoiselles ? Redites-moi ces circonstances, racontez-moi ces étreintes, par pitié, n'en oubliez pas le moindre cri. Et quand l'appartement fut vide, nous avons bu des bières à même le sol. Denis m'a demandé s'il pouvait baiser dans la salle de bains pour dire au revoir à l'endroit et j'ai trouvé que c'était la seule attitude valable en un tel matin. Tristement, il a pris la main d'Erika et a repoussé la porte derrière lui.

J'ai attendu qu'ils descendent pour faire un ultime tour du locataire. J'ai touché ces murs étranges et de vive voix, au beau milieu du salon, j'ai murmuré merci aux soixante-dix mètres carrés. Ceux qui, ne serait-ce qu'une seule fois, sont passés par le 42 de l'avenue Junot, ceux-là savent que l'endroit était à la hauteur du petit geste.

Le soir même, Gabriel regarde ses chaussettes, fatigué au côté d'une Sophie rayonnante, le tout dans son nouveau nid d'amour du 6e arrondissement. Vers vingt-trois heures, Denis appelle et je crève d'envie que ce soit Alice car – merde – j'ai décidé que c'était à elle de reprendre contact. Denis me propose une fête. Ce n'est pas que je me sente moins libre, bien sûr que non, mais l'idée d'une engueulade tardive étouffe ma soif d'aller dehors. Je demande à Denis de me filer l'adresse malgré tout, lui annonce que je passerai peut-être mais tard. Il me la donne, résigné, et je prends note. Et nous nous mentons tous les deux, en vieux frères sans espoir que nous sommes devenus.

Le matin des choses, un premier amour, un refus, une jolie passante, un sexe dur contre le ventre. Douze ans, ta vie pour une lettre barbouillée de cœur, ton cœur pour une culotte trempée. Le commencement d'un doigt. La douce sueur d'une chambre de jeune fille, le samedi jusqu'à dix-huit heures sur RFM. Puis l'accélération fulgurante. Le « tout y passe ». Bien vite, la fin de journée. Le soir.

Soir 3, l'information tous les jours à 22 h 50, sur France 3.

Les deux mains de Jean-François Dubois ne maintiennent plus sa tête. La pipe est en deuil, éteinte à côté de l'agenda électronique. L'homme flanche, au bord de la cure de sommeil. Un après-midi de pêche lui ferait du bien : « Ce n'est plus possible. Il faut prendre quelques jours de vacances, Gabriel. Dès maintenant. »

J'accepte et file comme un gangster dans un film de Claude Lelouch. Frank me coince dans l'ascenseur.

Il dit : « Tu n'as pas le droit de vivre avec elle si tu ne l'aimes pas vraiment. Enfin si tu ne l'aimes pas. »

L'énervement pointe. Je rétorque : « Qu'est-ce que tu veux faire Frank, changer le monde ? »

Et je me mets à lui rigoler au visage. Et je n'ai pas de nouvelles d'Alice. Et je commence à ne pas trop aimer ce que je deviens.

Chez nous, dîner d'ouverture avec les deux familles. Les parents de Sophie mangent à peine. On a la sensation que ça les écœure d'être à cette table. La génitrice surtout. Même ses bijoux doivent sentir mauvais. Mon père boit, par habitude et pour s'apercevoir du minimum. Maman est mignonne ; elle prend garde, derrière ses doubles foyers, à ce que sa honte se fasse toute discrète. Elle pose des questions au professeur Sivard sur le cholestérol parce que papa en déborde et le beau-père rétorque sans la regarder, du bout des lèvres, haut-le-cœur de réponses brèves et sans conséquence. Les gens qui en méprisent d'autres pensent toujours être les seuls à s'en apercevoir.

À table, chaque couple en vis-à-vis. Les parents de Sophie paraissent plus nombreux. Leur condescendance a le don de les multiplier. Je réalise que c'est peut-être pour ça que j'aime tant mes vieux, minorité que les Sivard ne percutent même pas.

J'aide Sophie à débarrasser. Mieux vaut s'agiter qu'être lucide. Je vide les restes dans la poubelle, c'est le moment que choisit Sophie pour dire : « Quelque chose est mort dans notre couple, Gabriel. » Je la prends dans mes bras avec la sensation qu'elle n'existe pas réellement. Je me racle la gorge pour faire illusion, pour que ça sonne juste, un tout petit peu.

Je murmure :

« C'est normal Sophie, ça arrive à tous les couples, on a juste besoin de vacances, c'est tout.

— À chaque fois que quelque chose cloche, tu dis qu'on a besoin de vacances.

— L'être humain est un type qui a toujours eu vachement besoin de vacances, Sophie. »

Je propose des digestifs. Seul mon père et moi les acceptons. Je laisse l'alcool m'envahir tout doucement. Papa commence à se détendre, et, trop fort, balance que ça manque de marmots dans cet appartement. Il aurait trempé son gland dans la tisane de madame, l'effet aurait été plus positif. Moi je rigole, et plus la chaleur monte, plus l'envie d'appeler Alice m'étouffe. Pour quoi faire ? Pourquoi faire souffrir un ange qui doit sentir bon jusqu'à l'intérieur de ses fesses ? Alice, j'aimerais te voir accoucher de notre môme et serrer ton petit cœur trempé de souffrance juste après.

Et merde. Je dis : « J'arrive pas à dormir » et me lève. Et – putain de quartier – aucun bistrot n'est ouvert. Je trouve un arabe au bout de dix minutes, et le soulage d'une 8,6. À la moitié de la bière, sur un banc, j'allume une cigarette. Deux heures trente du matin et il serait peut-être temps d'avoir une belle paire de couilles. Je me dis même, qu'importe la paire puisque je vais tomber sur sa messagerie. Courage Gabriel, en quatre-vingts mots, tu peux décider n'importe quoi et demain, encore changer d'avis.

Alice, rendez-vous mercredi, 9 heures, fontaine Saint-Michel, le retour se fera à la même heure et au même lieu, deux jours plus tard. Ne me rappelle pas, je prendrai un Xanax en t'attendant. Je t'aime. Fais attention quand tu traverses la route, voilà, c'est tout. Moi, de mon côté, c'est la grande forme, un régal, rien ne manque, les indicateurs sont au vert, comme dirait Denis.

Bon, je te laisse. Presque content de ne pas t'avoir réveillée. À mercredi.

Je me recouche. Sophie dort. Elle me tourne le dos. Et cette position est justifiable.

13

C'est l'histoire d'un type perdu. Un type qui vient d'emménager avec sa femme et qui croit que du même coup, les choses vont se réduire d'elles-mêmes. C'est l'histoire d'un type seul, en définitive. L'histoire d'un pauvre con juste capable de se confectionner des morts à Paris, un type qui se trouve planté là, au petit matin, fontaine Saint-Michel, bagnole prêtée par Denis en double file, warning et clignotements désespérés, le tout depuis un bon quart d'heure. C'est l'histoire d'un type bien ordinaire, nu face à son rencard, usant les pavés de la petite place en allées et venues comme si cela pouvait changer quelque chose. Vingt minutes d'attente, horreur d'être livré à ce qui reste de soi-même. Vingt minutes et elle est arrivée. Le sourire comme une évidence, comme si c'était prévu depuis le début. Alice dont je ne connaissais que le prénom et les mollets. Alice, petite fille brune au regard tendre. Je vais vers elle, sa démarche donne envie d'apprendre à voler. Don du ciel de Mlle Alice. Une fois qu'elle prend la décision d'être quelque part, la gamine assume, de plain-pied, entièrement donnée aux heures qui vont suivre. On se regarde, visages proches, mains sur les visages, mains dans les mains. On se regarde encore, sans bouger. Laissant les choses moyennes s'essouffler autour de nous.

Deux jours. Elle a accepté deux jours à mes côtés. Cette fille est complètement folle. Nous nous pointons vers la voiture, elle, souveraine et naturelle, moi les sourcils tordus par la frousse. Je rassemble mes neurones sur les gestes nécessaires à la conduite d'une bagnole. Il va falloir gérer l'affaire au coup par coup. D'abord démarrer le monstre, puis sortir de Paris, ensuite l'autoroute. Pas de stress mon chat sur l'autoroute. Surtout pas de stress. Alice porte une longue jupe fendue et j'aperçois ses cuisses lorsqu'elle se penche pour chercher des cassettes. La route. Seulement suivre la route. Impérial et mort de trac, j'atteins les quais de Seine. Voilà, très bien, enfin quelque chose de concret à mettre à mon actif au moment du bilan final. Alice commence à se rouler un joint et me demande : « C'était quoi ta vie, à mon âge ? » Et moi, je tâche de réfléchir à toute vitesse, d'avoir une définition craquante à resservir. Mais je me rappelle juste qu'à l'époque, nous ne prenions rien pour nous endormir. Et que même Denis n'était pas fourré chez son psychiatre tous les trois jours. Je ne me souviens plus du reste.

J'ai commencé à respirer sur l'autoroute. J'aime bien l'autoroute. Enfin, cette invention, ce no man's land des aventures incomprises. Une maison des pauvres où l'on accepterait tout le monde, y compris les riches. Il y a des gens qui filent à vive allure parce qu'ils vont travailler et d'autres parce qu'ils veulent en finir bientôt. Moi, je n'avais pas encore décidé, ni même contacté Sophie. Je ne l'avais prévenue de rien. Pas la moindre idée de ce que j'allais pouvoir lui raconter. J'ai accéléré, histoire qu'un début d'idée me parvienne. Mais rien, le vide. Le bonheur d'être à côté d'Alice. De prendre soin des petites rides qui naissent déjà près de ses yeux. De faire attention à bien l'écouter puisqu'elle commence à être en confiance, presque amoureuse, au point de m'offrir le triste best of de son passé pas magnifique.

On dira de son père qu'il était violent pour ne pas tomber davantage dans le naturalisme. À un moment, le cristal s'est répandu. Des larmes de rien du tout comme seules les femmes savent faire.

À une station-service, je l'ai prise par la main pour qu'elle descende avec moi. J'avais tellement d'énergie, tellement d'amour en moi. Nous sommes entrés chez Total et même les chiottes étaient prévenues qu'on était les rois du monde. Je l'ai embrassée d'une bouche dingue dans le cou, les lèvres collées pour respirer davantage. Et peut-être d'ailleurs que c'était vrai, qu'à cet instant précis, je respirais davantage. Je lui ai dit: « Vas-y Alice, je suis ton prince des sables, prends ce que tu veux, je t'offre tout. Autant te prévenir maintenant, je partirai pas d'ici avant d'avoir claqué un maximum de fric. »

Me voyant fier comme Actarus, elle a commencé par un début de sourire. Puis, lentement, elle a mis la main sur un paquet de chamalows. L'air sérieux, j'ai rétorqué: « Bon, c'est un début, mais c'est un peu court, jeune fille. » Alors, elle a continué en chopant *Biba* et *Entrevue*. J'ai dit: « C'est déjà mieux mais c'est quand même pas ça. » On peut dire que ce fut le déclic. Elle s'est lâchée complètement, comme une petite souris qui s'apprivoise. Trois Gini, un CD de Doc Gynéco, un autre de Barbara, deux montres, un pont de Normandie à secouer pour faire de la neige, une poupée en porcelaine, un écusson Mercedes, six revues pornos et quatre sandwichs saumon-crudités.

On est restés longtemps sur le capot de la bagnole, à recommencer l'inventaire de notre butin payé cash et tout à fait légalement. Un écusson, deux Compact Disc et une poignée de sandwichs aux dérivés de surimi avaient eu raison d'un père incestueux. Pour me remercier, Alice a pris mon sexe dans sa bouche avant qu'on redémarre. Elle m'a fait éjaculer en conservant ses lèvres collées contre mes bourses, naturellement, comme ça, entre amis. Elle en a gardé un peu entre ses joues et m'a embrassé à pleine bouche juste après.

Route nationale jusqu'à Étretat. Impression de voler sur la campagne. Je lui demande de retirer sa culotte et de me la faire sentir. Elle s'exécute, charmante. Hôtel des Ambassades et direct, la coquille, le drame russe : une amie de ma femme en train de descendre l'escalier. Alice est dans la voiture. Paniqué, je fixe des yeux le jeune mec de la réception. J'ai quatorze secondes pour me décider. Je dis juste : « Il faut que je me cache sous ton comptoir, ici et maintenant. » Et je m'y planque, d'entrée, sans rien attendre en réponse. La tempête passe alors que j'ai mes lèvres à proximité de l'entrejambe du mec. Le danger fini, c'est le type qui s'agenouille face à moi. Il me dit : « C'est bon, je crois que vous pouvez repartir. » Puis il reste stationné devant mon visage. Ça dure assez longtemps avant qu'il ose cette phrase bizarre : « Moi aussi, les gens m'en veulent. C'est normal qu'on s'épaule un peu entre persécutés. »

J'ai pas cherché à piger ce proverbe. Les inconnus ont cet avantage, en quelques secondes, de tout comprendre immédiatement.

Démarrage fier de pilote automobile. Alice questionne, « rien de grave, princesse, je rétorque, un simple problème de réservation ».

À peine un kilomètre à l'intérieur des terres. Une chambre d'hôte. Un bungalow. Une niche d'amour. Elle se vautre sur le lit, ventre collé contre la couverture, jupe retroussée. Elle fait bien semblant d'être fatiguée. Le genre de truc qu'on n'apprend pas. Je me colle contre son dos, tout légèrement. Elle dit : « Je veux pas que tu rentres en moi. L'amour, je connais déjà. Je préfère continuer dans la nouveauté. »

Hamlet cigare, *the mild cigare*. Silences. Ponctués de petits mots soupirés d'Alice : « Mais je vois pas trop comment procéder, en fait. »

Peut-être que c'est ça, l'unique avantage d'inscrire trente ans au compteur. On est encore capable de respirer après des coups pareils.

J'ai baissé un peu les paupières pour mieux rentrer dans la bagarre. D'abord, bien dégager ses fesses menues, serrées, fermes, brutes de pureté. Commencer par le dos et la naissance de la raie. Avec la frousse qu'elle scande « stop » à chaque seconde.

Sensation que chaque coup de lèvres peut être le dernier. Petit trou. La bouche, puis la langue, avec précaution. Refus d'Alice mais avec le souffle un peu trop court. Je continue, seul contre tous, rien que pour l'exemple. Je resalive, lèche, aspire, suce, happe, je ne m'occupe que de ça, que de là. Tout le reste n'existe plus et peut aller se faire foutre jusqu'à très longtemps. Et la sueur commence à me piquer les yeux. Et je suis un héros, quelque part. Et je suis presque OK pour baisser les bras lorsqu'elle cambre ses hanches, de plus en plus. Jusqu'à m'offrir son cul complètement, jusqu'à râler : « C'est bon, vas-y, plus loin, on m'a jamais fait ça. » Et je sais pas pourquoi, mais j'ai dans le crâne cette chanson de Michel Polnareff : « On ira tous au paradis ». Je crois que ce type est un type bien, et qu'il a vachement raison d'avoir chanté ça, « On ira tous au paradis ». Je suis d'accord à trois cents pour cent avec lui, on ira tous au paradis ! Et les places seront chères à proximité du petit trou d'Alice.

Voilà. Princesse et prince valeureux que nous sommes devenus. Débarquant au resto le corps tout rougi de nos caresses encore. Joie de s'être sapés à la va-vite, comme des n'importe quoi, comme si cela n'avait plus beaucoup d'importance. Envie qu'elle me donne quelques poils de sa chatte pendant le repas. Ce qu'elle fait, à peine gênée. Désir pareil de sa part. Ce que je fais, feignant de la gronder. Les fruits de mer abondent. Le vin blanc est frais. Je lui casse ses pinces de tourteaux.

Casino. Cent cinquante figurants, Alice et moi. Je change quelques billets en jetons. Elle est inquiète et aime être inquiète. « Partons du principe qu'on va tout paumer, Alice. C'est un peu la même chose que pour le reste. Il vaut mieux éviter les calculs. Juste miser sur la couleur qu'on préfère. »

Nous marchons sur une route, au bord de l'eau. Alice n'arrête pas de rire et de zigzaguer. À un moment, elle s'arrête face à l'horizon, baisse sa culotte, s'accroupit et commence à uriner. Je suis chanceux. Je suis près d'elle. Je suis à Versailles avec Louis XIV. Sa pisse dégage une légère fumée dans le froid du soir. Ça donne un joli reflet sur le goudron. On assiste à la beauté d'Alice qui soupire.

Une nuit particulière. Une nuit dont seules les chaumières adolescentes possèdent en temps normal le secret. À se réveiller tous les quarts d'heure pour – ô surprise – se retrouver de nouveau. Plaisir réduit à son extrême puissance. Rouvrir les yeux, s'extraire d'un début de sommeil pour la voir à nouveau. Sourires de gosses. Corps brûlants. Peaux collées, serrées de plus en plus, comme si cela pouvait changer quelque chose. Noyade. Sommeil à nouveau. Seulement pour se faire peur. Pour mieux se retrouver juste après.

Petit matin. Angoisse d'homme marié qui colle au cerveau. Portable qui m'annonce d'un ton dissimulateur que je n'ai pas de nouveau message. Il est cinq heures et la confusion s'éveille. Pas de message. Mauvais signe. Il faut que j'appelle. Avant, bien respirer par le ventre, puis composer le numéro de Sophie. Ce sera la messagerie. Je vais prendre une voix guillerette, un peu gênée.

Je vais dire : « Mon amour, je suis avec toute la bande, m'suis fait embarquer, pas eu l'temps de te prévenir. Vais dormir une heure chez Denis. T'aime fort. »

« Allô…

— Sophie ? Tu dors, je te réveille ? (Voix de fausset. De petite merde.)

— Non. Je dormais pas.

— T'as l'air bizarre, assez distante. Tu t'es inquiétée, c'est ça ?

— …

— On a fait la fête un peu tard et j'ai pas vu le temps passer. Tu m'en veux ?

— Gabriel, tu es où ?

— Sur les Champs. On prend un petit déj'.

— Gabriel, TU ES OÙ ?

— Je viens de te le dire.

— Gabriel, tu n'as rien d'autre à me dire ?

— Quoi. Qu'est-ce que tu cherches, là ?

— Je te demande si tu n'as pas *autre chose* à me dire ?

— Non.

— Alors salut. »

Sophie a raccroché sans violence, ce qui reste la plus grande violence possible.

Le jour où notre gueule est bien incrustée dans le goudron, on découvre, presque surpris, que l'on n'a jamais su voler.

14

Justin me regarde et c'est son passé qui remonte à la surface. Il tourne autour du bureau comme si le problème pouvait s'effriter tout seul. Sur deux fauteuils, Frank et Denis l'observent, pas loin de l'inquiétude. Alors, Justin et son demi-siècle me bloquent les épaules. Et je vois l'ensemble dans le détail. La teinture de ses cheveux, son haleine de vieux fumeur, son grain de sel sur la narine et son regard à bout de course, gonflé des femmes en allées et d'un amour disparu : « Gabriel, ma Sophie se prénommait Dominique. Sur le coup, j'ai applaudi des deux mains pour qu'elle se casse, persuadé que dès le lendemain, je n'y penserai plus. Et voilà. Ça fait trente ans qu'à chaque réveil, je ne pense qu'à ça. »

Frank a disposé de nombreux rails sur la table, de la coke en pagaille, par petites lignes successives. Au début, Justin a fait « non » de la main, qu'il ne mange pas de cette affaire-là. Mais Denis l'a enroulé par le cou avec une analyse plus rationnelle de la situation. Il suffit de jeter un œil sur la vie de Justin pour réaliser que c'est pas la peine de faire des manières en sens inverse. On s'est donc, tous ensemble, enfilé les suites colombiennes, histoire de combler le manque affectif et la détresse des hommes libres. Pour remonter le moral de Justin, Frank a évoqué Antoinette, stagiaire *a priori* fort réceptive aux choses un peu valables des belles journées. Justin, la moustache blanche, a voulu faire rappliquer la fameuse perle.

Antoinette connaissait Justin mais fut ravie qu'on lui présente à nouveau le responsable d'un éventuel CDD. Justin, en bivouac sur un autre système solaire, étrangla la parole : « Si devant toi, jeune fille, je mets le chorus en appelant Nelson Monfort, mon ami Nelson Monfort, pour qu'il te reçoive la semaine prochaine, est-ce que tu te déshabilles ? »

En même temps qu'il parlait, le vieil homme retira son gilet et ses bretelles et même Denis ne pouvait pas trouver ça drôle. Je m'apprêtais à raisonner Justin, lorsque Frank prit place devant Antoinette. Il ôta sa chemise et son froc, puis, tel Jésus dans les moments difficiles, prononça ces quelques mots : « Mon amour, osons le dérapage, osons vivre nus. » En voyant Frank, Denis se mit à se branler assez vite et très dur. Antoinette a d'abord montré ses seins et j'ai pensé que personne n'avait fermé la porte. Enfin, elle a retroussé sa jupe et baissé son collant. Le sexe avait envahi la pièce. On ne vit pas longtemps sa chatte puisque mademoiselle s'est retournée, nous écartant de ses doigts agiles ses fesses bombées, laissant découvrir son cul et sa belle forêt de poils à moitié blonds. Sa croupe était volumineuse. Elle nous faisait profiter de son côté généreux. Son index s'est enfoncé dans son vagin et a fini dans sa bouche. Justin ne quittait plus des yeux Antoinette et ses cheveux longs, elle semblait mouiller pour le magnétisme de Frank, tout comme Denis bandait pour Frank aussi. Justin n'arrêtait pas de répéter : « La télévision n'avait pas que des mauvais côtés, la télévision n'a pas que des mauvais côtés. » Antoinette s'est mise à ramper jusqu'à Frank, avec les mouvements lascifs d'un vieux Marc Dorcel.

Frank, lui, ne voyait que moi, seul, habillé, sans réaction aucune. Il nc voyait qu'un lype à la vie qui s'échappe et au calcul qui se rapproche.

Une âme morte dont le ring venait de voir triompher la peur de se faire surprendre.

15

Ce n'était pas la première que je buvais. Mais je n'ai pas souvenir d'avoir un jour regardé une Leffe à la pression avec autant d'ardeur et d'intérêt. La buée sur les parois du verre, les bulles qui veulent remonter à la surface alors qu'à la surface, les choses ne s'arrangent pas pour autant. Je voulais que la discussion se déroule dans notre appartement. Sophie, très respectueuse du voisinage, n'aurait pas poussé trop loin dans les aigus le volume de sa colère. Mais nous sommes dans un café et si j'étais le propriétaire, je commencerais à flipper sec pour mon habitation. Ce n'est plus Sophie, c'est un cadavre. La métamorphose par la douleur, la déception, le manque de sommeil. Je surveille les tables d'à côté, caresse le doux rêve que l'un des clients se décide pour un hold-up ou une crise d'épilepsie. Mais rien, aucune diversion. Juste la réalité sans palliatif. Elle dit: « Regarde-moi, Gabriel » et une nouvelle forme de beauté se pointe en face de ma triste personne. La beauté de la fille « coûte que coûte ». Une souffrance telle que la dignité gagne en superbe. Elle s'impose une distance qui me la rend proche. Dans toutes les circonstances, Sophie cherche à comprendre. Et maintenant, elle voudrait bien savoir pourquoi je ne suis pas à la hauteur de son rêve de gosse. Elle hésite à me poser la question et ne dit toujours rien. Au contraire, elle reprend les armes. Je le pige à son menton. Ses troupes sont déjà pas mal décimées, mais qu'importe, on bataille, à mains nues s'il le faut. Elle relève la tête, comme si elle en avait vu d'autres, comme si ce coup énorme n'était qu'une piqûre d'insecte. Elle commence à deux, trois reprises sans pouvoir terminer sa phrase. Puis, elle trouve l'énergie, avec le timbre sombre d'une femme malade : « Gabriel, est-ce que tu m'aimes moins qu'avant ? »

Bien sûr, j'aurais pu mentir. Éviter de prendre pour argent comptant une telle question. Incapable d'expliquer ce qui m'a pris. Cela paraissait tellement essentiel que je lui dise la vérité. J'ai répondu direct : « Oui, je t'aime moins qu'avant, mais ce n'est pas grave, Sophie, c'est la règle du jeu. Si l'on n'accepte pas ça, il faut faire autre chose, vivre enfermé au pays du rose et juste rêver d'un couple. »

Silence. J'ai mis ma main sur la sienne et les chialements ont commencé. Des larmes tranquilles au départ, résignées, qui ont vite laissé place à des rouleaux d'hiver, à des pleurs en petites décharges révoltées. Un barrage qui lâche. Une vie qui s'effondre. Je faisais comme tout le monde. Je regardais en faisant celui qui ne la voyait pas. Je crois que dans ce café, nous ressentions tous un peu la même chose. Nous étions tous un peu d'elle-même. J'avais de la peine pour Sophie, pour cette bière et ceux qui l'avaient fabriquée. J'avais la peine de Sophie : de la peine tout court et pour le monde entier.

Il a fallu que je retourne chez mes parents. Alors, je suis retourné chez mes parents. On ne peut pas tricher à toutes les reprises. Supermarché. Maman fait les courses et c'est tout de même bien rassurant de voir maman faire les courses. Elle possède une liste avec des trucs à acheter et elle sait où les trucs se trouvent. En plus, maman connaît le prix des choses. Si par hasard, un article manque, rupture de stock ou retard de livraison, elle ne panique pas. Maman est solide. Pas le genre à prendre un Valium. Elle va juste réagir en fonction de cette nouvelle donne et trouver un produit générique aussi chouette que le premier choix. Je la regarde faire, impressionné. Ma petite sœur me propose un banc de jardin en présentation, que l'on s'asseye sur ce banc et qu'on attende le reste des courses ici. Face à nous, le rayon des céréales. Les gens achètent. Il faut manger pour vivre, vivre pour aimer, aimer pour trahir et trahir pour avoir quelque chose à raconter. Ma frangine se rapproche de mon visage, m'explique qu'elle devient un danger pour elle-même, qu'elle va partir quelques semaines en hôpital psychiatrique pour calmer le jeu, pour tenter de s'en sortir à nouveau. Émilie, est-ce que tu vois mes yeux, est-ce que tu vois à quel point ils ont de l'amour pour toi et à quel point cet amour ne change rien à l'affaire ?

À quoi peut-on bien reconnaître des parents ? À ceci qu'à table, alors que vous vous situez dans une telle merde que vous n'êtes bien qu'à leurs côtés, ils vous demandent si vous revoulez des frites. De vrais parents ne vous posent pas d'autres questions. Ils savent. Secours de première nécessité. Juste « mange un peu », « repose-toi quelques heures », « ne prends pas froid ». On a beau sentir que ça les démange d'en savoir plus, ils claqueront sur place plutôt que de l'ouvrir là-dessus. Les parents se taisent et déposent des manteaux chargés d'amour sur vos cicatrices. Ce n'est pas que ça résolve quoi que ce soit, juste que ça réchauffe. Le plus drôle est qu'à soixante-douze reprises, ils vous ont mis en garde sur ce qui vous a planté, précisément. Et qu'ils agissent comme si vous n'y étiez pour rien, malgré tout.

Ma chambre de môme avant de repartir. Poster de Michel Platini avec son T-shirt KB Jardin de l'AS Saint-Étienne. Affiche d'un concert de Prince, le Love Sexy Tour. Et moi, tout seul, à passer la main sur les murs et les murs sont des lanternes, des magnétoscopes à mélancolie. Je fouille dans mes vieux courriers. Je recherche le temps de l'enfantillage, de la chaleur des attentes. Je ferme les yeux. Je respire. J'ai sept ans.

Mon père me raccompagne à la gare. J'embrasse ma mère et ma frangine. Elles me suivent à la voiture, et restent sur le parking même quand la voiture démarre. Et une fois que nous avons démarré, elles font des signes de la main en direction du pare-brise arrière jusqu'à la disparition totale du véhicule. C'est une coutume. Faut pas chercher à comprendre. Moi, je leur réponds tant que je peux les voir.

Après, je me retourne pour regarder la route, mimant le type désinvolte, trifouillant l'autoradio, et seul un effort surhumain va empêcher un père de voir son fils pleurer.

16

Elle m'attend à la gare. Alice m'attend à la gare. Une petite fille maigre, brune, se prénomme Alice et se tend vers moi. Elle m'a coincé sur le portable alors que je prenais le train. Elle doit se dire « c'est maintenant ou jamais » et elle a dit : « Je serai au début du quai. Tu ne pourras pas me manquer, ce sera moi la plus amoureuse. »

Coupe à la garçonne, visage d'enfant, elle m'attrape. Sa bouche et ses fesses se scotchent, c'est fort et ça rend le ventre chaud. Pantalon trop court et cuir de seconde main. Je comprends qu'elle aimerait se faire baiser ici, tout de suite, devant les voyageurs, qu'elle commence à vouloir que la terre entière soit au courant. Alice fait ce qu'il faut lorsque celui d'en face est sur le point de prendre une décision. Mais quelque chose m'intrigue. Quelque chose de brisé près des yeux qui vient de prendre une forme supplémentaire. Je lui demande. Elle ne veut pas répondre. J'insiste. Nous allons boire un verre. Au troisième, elle ne dit toujours rien. Au cinquième, elle s'en va : « Je dois rentrer chez ma mère. Ce soir, elle a besoin de moi. » Rien d'autre, déjà perchée sur un scooter dont je ne connais pas l'existence. Alors je décide de l'accompagner.

Sa mère nous guette sur le palier. Elle est maquillée et porte des boucles d'oreilles en clip. Les présentations sont immédiates et chaleureuses : Maryse/Gabriel, Gabriel/Maryse. Il y a un gros poste orange dans la cuisine et des cheveux frisés sur la tête de ma nouvelle belle-maman. La table est mise dans la salle à manger et un petit môme, que la mère garde parce que les riches sont des gens très occupés, n'arrête pas de demander « pourquoi ce soir on mange pas dans la cuisine ». Et personne ne lui répond.

Nous dévorons des crevettes décongelées et du boudin blanc aux truffes où déceler le goût des truffes demande vachement de vigilance. La conversation tourne autour du beau-père, absent pour cause d'opération délicate demain matin. Je me transforme en spécialiste du crabe. Rassure mon petit monde à coups de sondage improvisé, précise que l'exploit serait de ne pas sortir indemne d'une telle opération. Maryse, Alice : réalisez la chance qui est la vôtre que la tumeur ait été repérée si tôt. Vous devriez remercier le ciel plutôt que vous ronger les ongles.

Belle-maman ne cesse de me resservir à boire pour me remercier et s'en rajoute pas mal à elle aussi. Je détecte l'alcoolique, la frangine, la camarade.

Une vieille bouteille de prune débarque en fin de repas, étincelante, de derrière le sous-sol. Et je saurais pas expliquer pourquoi, mais le sous-sol de ce pavillon me rappelle les boums que devait y faire Alice. J'ai l'impression d'y être. De pouvoir enfin l'inviter à danser sur *Hôtel California* avec son appareil dentaire. À la moitié de la prune, alors que, fort sérieusement, j'explique à Maryse que les marques d'élastique sur la peau des gens sont antisubtiles, Alice me regarde et j'ai l'impression que les maisons vont se réveiller, que la nappe va se mettre à rougir. Donc, je décide d'être à la hauteur. Je regarde Maryse, lui annonce qu'il n'y a pas que des catastrophes, qu'il existe de bonnes nouvelles, aussi.

Est-ce qu'un mariage à la montagne vous ferait plaisir, Maryse ? Enfin, bon, ne précipitons pas trop les choses, que l'on vive un peu ensemble auparavant serait sans doute préférable. Vous savez, je sais ce que je ressens pour votre fille. La dame s'emballe, le feu aux joues, ajoute qu'elle connaît l'amie d'une amie qui peut nous dénicher de formidables trois-pièces à Tremblay, juste à côté de Villepinte, pour deux mille cinq cents francs. Deux mille cinq cents francs, une misère, Gabriel. Une petite misère. Alice tempère avec délicatesse sa maman. Je précise à Maryse que Paris intra-muros reste préférable pour nos deux vies socioprofessionnelles. En guise de réponse, Alice m'offre un sourire déjà lucide sur ma fausse sincérité.

Puis, ses yeux se perdent vers le canapé. J'observe l'enfance prendre le pas sur le réalisme, ravi d'être l'auteur d'un égarement si beau à regarder.

Bonne nuit Maryse. Je vous embrasse en songeant à l'entrejambe de votre petite fille. Chambre d'Alice. La blonde Marilyn à égalité avec Robert Doisneau. Nous mettons les matelas par terre et laissons le poste FM.

Entre deux vieux tubes, l'animateur débite des blabla pas croyables. Il doit penser : « C'est la nuit, je peux tout me permettre. » Erreur de super taille. C'est dans le noir que les gestes et les mots se doivent d'être précis. Je crève de la percer profondément, de me faire engloutir. Ses yeux s'agrandissent pour me le demander. Au bord, j'arrête. Fond de culotte trempé. Il y a de l'électricité dans la chambre et de la cyprine plein ma bouche. J'avale. Et la couette se transforme en flux tendu. Même l'animateur finit par la mettre en veilleuse.

17

Carton rouge pour Desailly. Je pige pas. Je suis révolté. Je hurle : « Chochotte de Brésilienne, le bleu l'a même pas touché. » Jovar, comme d'habitude, se place du côté de l'arbitrage, au cas où la FIFA se pointe pour vérifier. Inutile de demander ce qu'un tel type aurait foutu en 1942. Donc, il rétorque : « Si, Gabriel, regarde le ralenti, il l'a touché. »

Et je regarde le ralenti. Et c'est vrai qu'en regardant le ralenti, bon, il le touche un peu quand même, c'est indéniable. Alors, maintenant, je sais pas quoi dire, et du coup, je balance un truc pas forcément défendable, comme quoi, voir les choses au ralenti relève de la démarche hyper mesquine, et que, si on n'a même plus le droit de toucher les gens sans se prendre de carton rouge, eh bah, c'est vraiment plus la peine de vivre. Et je me casse dans les chiottes. Parce que je n'arrive plus à contenir dans mon organisme tout ce que j'ai ingurgité. Le physique déguste, craque de partout. On connaît la musique. La façon tout à fait particulière que l'on possède, à cet instant précis, de s'accroupir près de la cuvette et de croire qu'on limite la casse parce qu'on va en évacuer le plus possible par la bouche. Ce n'est qu'une illusion, le mal est déjà fait, il est impossible de revenir en arrière.

C'est peut-être parce que je pensais à Frank qu'il est arrivé. La porte des toilettes a claqué et j'ai été surpris de le voir débouler sur la chaîne à une heure pareille. Je finissais encore de remplir mes mains d'eau pour le visage, lorsque je l'ai vu dans la glace : Robocop. Il mâchouillait son chewing-gum aussi fort que le mec de *Midnight Express*.

« Salut Scarface, ai-je dit.

— Je supporte pas le foot. Tous ces gens en train de mouiller pour le même truc au même instant, ça me rend fou. »

France 3 avait bien fait les choses. Écran géant dans le hall d'entrée et champagne pour tout le monde. « Motivation d'entreprise », on appelle ça. Je me souviens que j'ai commencé à prendre peur lorsqu'on regardait le match du balcon, Frank et moi. La manière qu'il avait de transpirer et de s'acharner sur son chewing-gum. Ses constantes répétitions : « Et les petits gamins des favelas du Brésil ? Est-ce que quelqu'un pense aux petits gamins des favelas du Brésil ? »

Et franchement, s'il n'y avait pas eu Frank, c'est exact que je n'aurais pas imaginé tous ces petits mômes, devant leur télévision, à l'autre bout du monde, en silencieuses prières pour que Ronaldo puisse quand même en marquer un.

Je regarde toute cette foule hurler pour qu'un grand blond à queue-de-cheval en mette un troisième. Des salariés sans histoires retrouvent le goût de la nation. Je vois Denis, perché sur un pylône, hurlant que si le type marque, il se place dans l'anus la bouteille de champagne qu'il tient dans la main. Et quelque chose m'est apparu de plus en plus étrange. Et d'un seul coup, j'ai réalisé qu'il faisait chaud, que – déjà – j'étais en T-shirt et que tout le monde était en T-shirt, sauf Frank et son grand manteau blanc.

Je me suis tourné lentement vers lui, et la foule est devenue comme un fond sonore, et j'ai su qu'il avait compris. Il s'est mis à marcher jusqu'au couloir limitrophe, plus sombre. En ouvrant son manteau, il a dévoilé un fusil à pompe. « Et deux petits autres scotchés sous mon T-shirt », a-t-il précisé. Comme les mots ne me venaient pas, il a continué : « On va jouer à un jeu, Gabriel. Si la France en marque un troisième, je m'en vais sans rien dire. Si la France en reste là, à deux buts sur corners vraiment mesquins, j'arrose. »

On est restés quelques secondes encore, à tenter d'entendre ce qui se passait sur l'écran tout en ne se quittant pas des yeux.

Emmanuel Petit shoota dans une balle en caoutchouc, et la balle en caoutchouc termina dans les filets.

Il y eut pas mal de gens sur les Champs-Élysées et peut-être même que certains d'entre eux, sans le savoir, croisèrent Frank Lespinnasse avec son grand manteau blanc.

18

Patience, l'addition arrive: calme et puissante. J'ai reconnu sa musique au double tour de la clé dans la porte. J'ai songé que Sophie était définitivement une fille extra. Certes, elle a fait sa valise. Certes, elle a claqué la porte. Mais en laissant derrière elle un appartement super impeccable. Il doit être six heures du matin et, à Rio, beaucoup d'enfants sont encore à chercher le sommeil. Je suis allé dans la cuisine. La lettre était là, fière et digne dans la défaite. En diagonale et cachetée sur la table.

Tu as gagné. Je m'en vais. J'aï aimé rester dans le doute, dans l'incertitude d'une vie à deux possible. J'ai aimé trouver des recommencements à chaque fois. J'ai aimé ça, je ne l'aime plus. Je pense qu'il n'y a pas à rougir de chercher à être bien. Il n'y a pas à s'en vouloir d'avoir des principes de vie, non, il ne faut pas accepter d'être maltraitée. Il ne faut pas accepter d'être rejetée, avoir peur d'être seule. Je veux croire en moi, croire que quelqu'un m'aimera sans chercher à me trahir ou à me faire du mal. Aujourd'hui, cette personne-là, ce n'est pas toi. Seras-tu cette personne un jour? Je te demande de réfléchir à ce que tu veux. Je ne veux rien t'imposer: si tu vis avec moi, c'est ton choix. Je ne t'oblige pas. Aujourd'hui, tu rêves d'un ailleurs, tu veux m'en faire baver d'avoir voulu ça. Tu nies mon existence avec une franche désinvolture, cherchant même à me faire chier au cas où je ne serais pas assez malheureuse. Assez. Tu dois faire un choix et t'y tenir. Je te laisse une semaine. Je pars pour New York et qu'importent ce lieu et les sarcasmes qui vont suivre [...].

Gabriel, je te laisse encore cette chance et ne pars pas en courant, ce choix, celui de m'aimer entièrement, de me donner la première place dans ta vie. Tu vois, c'est très concret. C'est très « risible », comme tu aimes à le penser. Alors rigole. Moi, je n'ai plus envie de pleurer [...].

Gabriel, je ne suis dupe de rien, et suis, comme toi, dotée d'une imagination sans bornes pour les scénarios masochistes. Toi qui es tellement curieux de la vie des autres, prêt à tomber amoureux pour un regard mouillé, un sein adolescent, un sourire mélancolique, pourquoi ne t'intéresses-tu pas à celle qui pourrait t'être la plus intime ? Pourquoi ne cherches-tu plus à rencontrer son monde ? En as-tu déjà fait le tour ? T'es-tu posé la question de pourquoi je t'ai choisi, toi ? Penses-tu réellement que c'est pour construire un foyer, être en sécurité ? Ne crois-tu pas que dans ce cas, j'aurais choisi quelqu'un d'autre ? Celle que tu as choisie a justement fait le choix d'une personne, comme elle, en évolution, capable de rêver et de vivre en même temps.

Pour l'instant, nous nous sommes manqués. Aux hommes que j'ai pu furtivement aimer et que je revois, je dis que je vis avec toi. Et j'en suis fière. Je ne suis pas une intrigante. Alors, il n'y a plus cette ambiguïté que j'aimais tant, parce qu'elle me faisait croire qu'un vaste champ de possibles s'ouvrait à moi. Mais toi, Gabriel, aujourd'hui, tu veux tout à la fois. Et je te comprends un peu. Pourtant, une dernière fois, je te demande de choisir. Si malheureusement, tu m'avoues ne pas pouvoir construire ta vie avec la personne que tu as épousée, je partirai pour essayer de trouver ailleurs, telle une mercenaire, celui qui pourra partager les mêmes projets de vie que moi et que j'aimerai.

À toi de choisir, Gabriel. Ou de renoncer.

Sophie.

J'ai pris le plus grand verre trouvable. Et tout ce que j'ai dégoté comme reste, je l'ai mis à l'intérieur : scotch, demi-Valium, soda, Diantalvic, vin rouge, rhum. Il devait être six heures trente du matin. J'ai allumé la télé sur LCI et LCI n'arrivait pas à s'en remettre que la France ait gagné la Coupe du monde. J'ai trouvé un paquet de cigarettes plein dans la poche intérieure d'un sac de voyage. Je l'ai posé avec mon portable sur la table basse à côté d'un cendrier. Puis, j'ai pris place dans un fauteuil confortable face à la télévision. C'était le maximum que je pouvais faire. J'ai traversé toutes les chaînes, y compris celles du câble, pour conclure sur France 3. J'ai tenté de réfléchir sur ce qui avait bien pu se passer entre le moment où, saturé d'espoir, j'avais débuté sur cette chaîne et la journée de ce matin-là. Cela s'apparentait à un gouffre, à une sensation proche de l'amnésie. À sept heures quinze, j'ai découvert une nouvelle émission, un programme que je ne connaissais pas. La chose avait pour titre *Net 3* et comme animateur Jovar. Tout ce que vous avez toujours voulu savoir sur les multimédias sans jamais oser le demander par Stéphane Jovar. Un Stéphane Jovar à la calvitie métamorphosée en crâne rasé, la myopie en petites lunettes rectangulaires et la chemisette usée en maillot de corps cintré muni de l'inscription FBI sur la poitrine.

FBI, allez savoir pourquoi.

J'ai fumé encore quelques cigarettes tout en essayant de calculer l'heure qu'il pouvait être à New York. Il fallait réagir. Mais c'était un travail intellectuel au-dessus de mes forces et j'ai fini par renoncer. Plus tard, j'ai rampé jusqu'à la porte lorsque j'ai reconnu la voix de Denis. Il m'a fallu beaucoup de temps et de courage pour atteindre la poignée.

Le vieil ami m'a soulevé jusqu'à la baignoire et nous sommes restés ainsi un long moment sans rien dire, à nous demander de combien de kilomètres nous pouvions bien encore descendre. Après m'avoir enveloppé dans un gros drap de bain, Denis a pris un journal pour partir aux toilettes une bonne demi-heure.

Je me suis réinstallé dans mon fauteuil sans toujours pouvoir m'allonger. J'ai fixé mon portable en souriant.

Frank a décroché à la première sonnerie :

« Mon chasseur d'ennuis ?

— Ouais.

— Ma solution de facilité ?

— Ouais.

— C'est Gabriel.

— J't'avais reconnu.

— Dis-moi, quarante-huit heures de vacances, t'es partant ?

— Ouais. Quel jour ?

— Tout de suite.

— Faites comme si j'étais déjà là. »

Quand Denis a réintégré le salon, il a jeté le journal sur le tapis. J'ai levé mon visage vers le sien pour bien le regarder. Je l'ai découvert triste. J'aurais voulu lui poser plein de questions. Comme par exemple, pourquoi on ne parlait jamais de choses sérieuses ensemble alors qu'il était mon meilleur ami. Pourquoi ne s'était-il jamais lancé dans ces histoires de couples dont j'avais le secret ? Eh, Denis, peut-être que je peux quelque chose pour toi ? Et toi pour moi ? Et si, par exemple, nous prenions la peine, un jour, de nous écouter ?

Mais je suis resté muet. J'ai seulement grimacé un peu. Et il a continué à me dévisager, plus triste encore. Et j'ai réussi à articuler : « Bon, je sais que ça ne va rien résoudre, mais viens. Juste deux jours. Après on arrête. »

Il a pris une respiration, comme les enfants après un gros chagin. « Je vais faire du café. »

La tête basse, il s'est dirigé vers la cuisine. Et je me suis perdu dans le fond de mon siège, rêvant d'un jour où je trouverai les mots pour Denis et pour les choses qui me tiennent à cœur.

19

Denis voulait Amsterdam, en souvenir du bon vieux temps. Alice était pour la montagne et moi, j'étais pour ce que ce voulait Alice. Mais il y avait Frank. Et Frank faisait partie de ces gens qui avaient un supplément d'influence sur les projets. Alors nous nous sommes retrouvés les pieds flottant au-dessus du vide, bien stables sur un banc de pierre du vieux port de La Rochelle. De mes lunettes noires, je regardais les voiliers et toutes ces familles en partance. Denis se chamaillait avec Frank au sujet d'un truc que je n'arrivais pas à comprendre et qui concernait la nuit précédant mon mariage. Nous avons repris la voiture et traversé le pont pour l'île de Ré. L'adresse était un village de vacances où l'ancienne école de Frank fêtait son intégration. L'intégration des grandes écoles. Nous avions fait la même, Denis et moi. Inutile d'en donner le nom puisqu'elle n'existe plus. Le patron du club était très mat, torse nu, avec des poils sur la poitrine et la mine lasse de l'homme qui a fait le tour des jeux apéritifs. D'abord, il nous a trouvés trop vieux et n'a pas voulu nous laisser rentrer. Un Pascal de Frank a suffi pour que les choses reprennent leur cours classique.

J'ai commencé par le comptoir du salon d'accueil. À une blonde en minishort, j'ai commandé un whisky sans glace, aussi épais qu'un soir d'hiver en Écosse. Ils avaient tous le même maillot de rugby aux insignes de leur bureau des élèves. À quinze heures, les garçons paraissaient doucement ivres, comme on peut l'être lorsqu'on vient de mettre la main sur cette invention. J'ai aimé regarder la pureté de leurs visages. Ils avaient les traits neufs de ceux qui ne connaissent pas le réveil en pleine nuit parce qu'on réalise qu'il est impossible de s'en sortir. Certains jouaient au ping-pong, une bière à la main, d'autres au tennis, un joint dans la bouche. Les mâchoires ne mentaient pas. Ils n'allaient faire qu'une bouchée des prochaines décennies. Les filles bronzaient sur des transats autour de la piscine, laissant le soleil doucement réchauffer leurs sexes avant les coups lourds et profonds du soir venu.

Dans notre luxueuse case, nous nous sommes faits beaux pour la fête à venir. Alice est sortie de la salle de bains les cheveux humides en petite robe blanche et courte. Une église à Las Vegas pour que je puisse l'épouser en dix minutes m'a traversé l'esprit. La soirée de gala eut lieu sur la terrasse. Elle fut une belle catastrophe. Je suis resté sur une chaise longue pendant cinq heures d'affilée. Denis a tenté sa chance avec toutes les filles de la promotion, les unes après les autres. Mais personne ne lui prêtait la moindre attention. Il n'était pas du groupe et avait un peu plus d'âge et de menton que ses concurrents. À vingt ans, ces différences ne pardonnent pas.

Frank s'est occupé de la musique et il fut flamboyant. Ce jeune homme aux cernes roux avait compris comment fonctionnait le monde. Compris que seule la musique de variété procure une tristesse suffisante pour rapprocher les âmes. Du coup, j'ai eu la chance de voir Alice danser sur le best-of de Sylvie Vartan. Alice, en harmonie avec le reste de l'école et pourtant différente. Comme si la chute de ses reins avait déjà vu d'autres choses. Comme si ses mains, qu'elle lâchait dans sa danse vers les étoiles, savaient que les satisfactions que l'on attrape ont la fermeté des anémones.

À l'aube, notre bande de quatre s'est ressoudée pour faire un tour dans le village d'en face. Au départ, la finalité de l'entreprise était de trouver une boulangerie. Mais une fois devant, aucun de nous n'avait assez faim pour acheter quoi que ce soit. Les gorges étaient beaucoup trop sèches. Nous avons marché jusqu'au premier bistrot. Sur un trottoir, j'ai vu une fille de l'école, en belle robe de soirée, vomir toutes ses trop longues heures d'alcool. Dans le café, j'ai tenté de lire *Ouest-France* mais les mots s'échappaient sous mes yeux. Frank, Alice et Denis ont commencé un Baby-foot et je suis retourné prendre l'air.

J'ai marché encore un tout petit peu, jusqu'à la mairie. Sur les marches de la République, cinq survivants du week-end dormaient à poings fermés. Deux filles et trois garçons. Ils paraissaient bien tranquilles, encastrés les uns dans les autres, formant un triangle sans le moindre espace d'air pour leur donner froid, comme des chiots tout près du ventre de leur mère. Je me suis assis dans l'herbe, contre le monument aux morts pour mieux les regarder le temps d'une cigarette. Le soleil encore faible les réchauffait d'une lumière calme.

Le chaos et la beauté venaient de réaliser une sculpture à quatre mains.

20

La villa est blanche. On dirait le Sacré-Cœur. En se penchant un minimum, on aperçoit une belle véranda avec un piano à l'intérieur. Frank a sonné quatre fois sans réponse. Il a pris ça pour un encouragement. On l'a regardé escalader la grille, puis fracturer une fenêtre pour disparaître enfin. Il est revenu un peu plus tard, nous a annoncé que la voie était libre et qu'un Jacuzzi immense présidait au milieu de la salle de bains.

Il s'est installé au piano. Le soleil brillait contre les vitres. Denis est resté debout. Il s'est mis à chanter des rengaines du vieux Paris, accompagné par Frank, des rengaines où il était question d'escaliers de la rue Saint-Vincent, d'amour impossible, de bals musettes et d'étreintes à présent disparus. Alice et moi avons commencé par danser et nos deux camarades n'arrêtaient plus d'enchaîner les morceaux. Dans l'oreille, Alice me racontait l'histoire d'une princesse scandinave éprise d'un paysan assassiné. Le jeune homme se réincarnait en papillon et finissait par mourir dans la gorge de la princesse. Lèvres sèches, crampes aux doigts, Denis et Frank continuaient leurs chants pour que la joie se poursuive. Alice m'a agrippé la main et m'a fait descendre sur le tapis. Je me suis frotté contre elle, nos grands yeux écarquillés, face à face surpris par le désir. Mon sexe a d'abord effleuré sa vulve pendant pas mal de temps. Puis ses mains ont cramponné mes hanches et je suis rentré en elle complètement, et les deux chantaient toujours et nous racontaient le petit bois de Trousse-Chemise de Charles Aznavour et tous, nous chantions quelque chose. Une pensée, un poème, un accord de guitare qui nous rapprochaient, sans un mot, sans la moindre explication. C'était un accord qui faisait un drôle de bruit, simple et secret, comme une tête que l'on relève pour prendre le vent qui passe. Frank a quitté son piano.

Il a rejoint Denis pour une autre chanson, un peu plus triste et sereine que les autres. Ils se sont rapprochés de nous jusqu'à la fin de mes dernières gouttes de sperme. Écroulé dans le corps trempé d'Alice, la mémoire courte pouvait bien me prendre et le jour se lever. Une anecdote s'était fait la malle. Un piano. Un coït. Un détail aussi incohérent qu'une très belle vie.

21

Dans sa chambre d'hôpital, Émilie range une à une ses affaires. Difficile de piger qu'une fille ordonnée à ce point puisse être dépressive. Denis revient du self et se vautre sur le lit de ma petite sœur. Il dit : « Impossible d'avoir une bière dans cette maison de fous. »

Je jette un œil sur Émilie, mais tout va bien puisqu'elle rigole tranquillement. L'autre trouve sur son portable un numéro préenregistré de traiteur japonais, commande deux assortiments de sushis et quatre bières. Puis décide d'aller « voir s'il n'y a pas un schizophrène à baiser dans les couloirs ».

Seul avec Émilie, je constate ma tristesse, mon impuissance. J'ai l'impression d'un énorme ciel sombre qui gagne en volume. Chaque année nouvelle sera peut-être celle du cauchemar pour l'un de mes proches. Je peux seulement continuer à me réveiller le matin, avancer sur cette plage de mines en croisant les doigts sans attendre de miracle.

Je demande à Émilie si on a le droit de fumer dans cet établissement. Elle acquiesce. Je tâche de me concentrer pour trouver un truc constructif à dire, un truc qui puisse faire du bien, venir en aide les soirs difficiles. J'hésite pour la première phrase. Peut-être lui souffler qu'elle a bien raison de se battre, que la démarche même d'accepter sa maladie, d'être auprès de médecins, peut-être que cette démarche-là, cette simple démarche, prouve qu'elle va guérir bientôt. Je me concentre. Je la regarde.

Et elle aussi. Et je sens bien qu'elle commence à se faire pas mal de mauvais sang en ce qui me concerne. J'arrive à dire : « Je t'aime, Émilie. »

Et puis voilà. Je répète cette trop vieille phrase, sachant bien que c'est un peu faible comme coup de main cérébral. Mais je ne peux pas faire autrement que continuer à la dire, encore et encore. Elle me prend les mains, m'avoue qu'elle me trouve un peu plus triste, moins insouciant que quelques années plus tôt. Et je m'entends répondre : « Tout le monde n'est pas comme Frank Lespinnasse.

— Qui est Frank Lespinnasse ?

— Un fantôme.

— ...

— Notre fantôme.

— ...

— Notre fantôme à tous. »

Je commande un mort à Paris, Denis un rhum ambré. Et le serveur en veste blanche du Harry's s'exécute avec l'air détaché du type présent pour la beauté du geste. Je songe au Novotel d'Amiens. À ces cheveux blonds sur un oreiller. À ces secrets d'adolescents problématiques que Frank et Denis échangent sur cette drôle de nuit. Je me doute bien avoir effectué quelques actes irrécupérables ce soir-là, dont mon ami souhaite me protéger. Denis commence à vider son rhum, en recommande un autre aussi rapidement. Puis un troisième. Et je me tais, bien que je sache ce que nous avons vécu depuis quelques jours. Au cinquième verre, alors que je peine à terminer mon premier, je réalise que tout va céder, que Denis a un compte à régler, comme s'il voulait se débarrasser de quelque chose. Je le laisse continuer son petit suicide, sans rien dire. Au septième rhum, il lève les yeux et son regard accroche le vide :

« Gabriel, tu sais, pour ton mariage, la nuit d'avant.

— ...

— C'est moi qui tenais à ce que tu ne saches pas.

— ...

— C'est moi. Comme ça, tu pouvais t'imaginer avoir été libre.

— Je pige pas.

— Cette nuit-là, Gabriel, a été comme toutes les autres, il ne s'est rien passé d'exceptionnel. Tu n'as rencontré personne. Tu étais juste saoul au point de t'endormir sur le canapé d'une boîte échangiste. Je venais de rencontrer Frank au bar. Nous avons pris la bagnole et roulé sur l'autoroute droit vers le nord, pour que tu aies au matin l'impression d'avoir vécu quelque chose. C'est tout ce que je pouvais faire. Mais tu n'as rien vécu, Gabriel. Je suis désolé. »

Denis s'est levé et tout un secret invisible traînait derrière lui. Il a titubé jusqu'au comptoir du Harry's. En voulant commander un autre verre, il a chuté sur toute sa longueur. Les serveurs n'ont pas bougé, préférant le laisser tranquille. Ils connaissaient la vie et le prix des choses.

22

Construire, dit-elle. L'alcool. Oublier l'alcool. Ces bâtons de dynamite dans le ventre dès qu'on arrête de boire. Il n'y a pas de vacances en amour, ça n'existe pas. Déconstruire, savoure-t-elle. Coupable, forcément coupable et c'est pour ça qu'on lui pardonne. Et si tu vois ton frère pécher, couvre-le du manteau de ton amour. Isaac le Syrien, ami de Gabriel, l'archange aux pieds fourchus.

Un siècle d'écrivains, *Marguerite Duras, 23h45 sur France 3.*

Les attachées de presse sont présentes dans le studio d'enregistrement. Elles me regardent, les bras croisés, fin prêtes à en découdre. Dans le bocal, j'ai enfermé le comédien qui devait dire le texte. Trop mignon, trop gagnant, trop persuadé qu'il s'en sortira. Denis n'est plus là. Il se repose. Je suis seul avec ma clé dans la bouche. Même Justin n'ose pas descendre. Elles sont sept. Sept avec des vies différentes mais à jamais liées par une même soif de savourer enfin leur revanche. La brochette molle fait le forcing pour que j'ouvre au comédien. Si je n'obéis pas dans les cinq minutes, elles appellent la sécurité. La sécurité, toujours elle.

Je leur crache les clés. Elles ouvrent, se précipitent, cajolent l'acteur comme s'il s'agissait un otage philippin. Le mec promet un procès. Je lui rétorque qu'il aurait dû réfléchir avant de démonter Sophie, lui et ses petits camarades. Il feint de ne rien comprendre.

Machinalement, je compose le numéro d'Hélène, mon ex. Je suis ivre mort. Elle décroche. Elle va se marier. Je lui rappelle sa promesse d'avant tout cela et lui demande de la tenir, de faire l'amour avec moi une dernière fois. Hélène sanglote, me traite d'infâme, de tyran, m'hurle à l'oreille que je n'ai PAS LE DROIT de lui demander une chose pareille. Et c'est pourtant le seul DROIT qui m'intéresse. Elle pleure que je suis ignoble, qu'elle va devoir choisir entre deux cauchemars. Elle s'étale là-dessus à la place d'être digne un tout petit peu et je vois le comédien sortir, et me regarder en ayant peur. Et je le comprends. Je réalise que depuis quelque temps, ma beauté s'est évanouie.

Hélène persiste dans ses invectives, je lâche le combiné. Les attachées de presse s'éloignent et Jovar surgit, égal à lui-même, digne dans son nouveau statut. J'attends sa première phrase pour l'assassiner. Elle ne vient pas. Il prend place, attend que les ultimes hyènes s'éclipsent pour parler.

« C'est au sujet de Frank. La police m'a contacté ce matin. Ton copain est un spécialiste du vol de chéquiers. Vingt-huit plaintes ont déjà été déposées contre lui. Dans les couloirs de la chaîne, plusieurs personnes se sont vu dérober leurs portefeuilles ces dernières semaines.

— Qu'est-ce que tu veux que ça me fasse ?

— Jean-François Dubois tient à l'annoncer lundi matin, en fin de conférence. Pour l'exemple, devant Frank.

— Je suis pas marié à Frank.

— Peut-être, mais Jean-François Dubois…

— Jean-François Dubois est un peu con.

— Bref, je pensais juste qu'on pouvait épargner ça à Frank.

— …

— Gabriel, tu m'écoutes ?

— Ouais. Je fais ce que je peux. »

Jovar referme doucement la porte. Physiquement, il n'a pas changé. Le rêve aurait été une fois pour toutes que Jovar se déguise en pute et qu'on n'en parle plus. Mais peut-être a-t-il décidé de me fatiguer le cerveau jusqu'au bout. D'être – y compris dans l'ambiguïté – plus compétent que ma triste personne.

Au bout du couloir, il tourne à gauche. Je me souviens de sa phrase sur l'époque qui n'est pas à sa hauteur. Et cette phrase me fait moins rire qu'avant.

23

« Personne ne peut me dire où habite ce type. »

Les moustaches du brigadier Justin sont moites, mortes de trouille, on sent bien qu'il me déteste, que je suis passé du stade de « joyeux fêlé » à celui de méduse qui porte la poisse.

« Eh, Justin, regarde-moi, regarde dans tes dossiers ! Tu as bien une convention, un certificat de quelque chose avec une adresse à l'intérieur. »

Rien sur Frank, de réel, de palpable. Juste un numéro de téléphone. Je laisse trois messages. Je rentre à l'appartement. Je crois que je vais claquer sous peu. Je n'ai pas le courage d'aller prendre une douche. Denis a laissé un demi-joint de trois jours sur le bord du cendrier. Je le fume. Ça calme légèrement. Je marche jusqu'au sex-shop de la rue Saint-Denis et opte pour un amateur allemand. Dans la cabine d'à côté, un mec pousse le volume de son film SM à fond. Il rigole à chaque fois qu'une paire de claques retentit sur des fesses et ça me déconcentre.

Dans la rue, mes pas se font de plus en plus approximatifs. En pilotage automatique, je prends le RER pour rejoindre Alice. Dans son jardin, elle promène ce qui semble être une nièce vaguement lointaine. Je me coince sur le muret d'en face pour observer ce petit bonheur. Maintenant, elles papotent toutes les deux, assises dans l'herbe comme des poupées en train de se faire des confidences. On dirait deux copines du même âge.

Je suis venu embrasser Alice, la petite a demandé si « j'étais son amoureux » et j'ai répondu par l'affirmative pour ne pas compliquer les choses. Nous nous sommes dirigés vers le centre commercial pour la projection d'un Walt Disney à seize heures trente. Au cinéma, la gamine se trouve entre Alice et moi. Malgré son siège, ma main droite passe une heure trente contre la nuque d'Alice.

Un menu pour l'enfant, une salade du chef pour Alice et pour moi des choses nombreuses dont le nom m'échappe. À la fin du repas, Frank appelle. Je décide d'être gentil, de lui relater seulement « certains » soupçons de « certaines » personnes concernant des chéquiers volés : « En fait, Frank, je m'en moque un peu. C'est pas mon souci majeur à l'heure actuelle. Simplement, je te déconseille de venir lundi matin. Ils risquent d'être tous un peu fatigants, voire vindicatifs, et c'est vraiment dommage, je trouve, de porter atteinte pour si peu à ta joie de vivre naturelle. »

Il rigole : « C'est moi qui ai volé ces chéquiers, Gabriel. Je refuse de baisser les yeux devant ces salariés. Je préfère venir lundi et leur expliquer les raisons de mon geste. En plus, je sais que tu seras bien présent, à ne rien lâcher, à me soutenir coûte que coûte… »

Je raccroche. Le menu enfant dissimule un cadeau surprise à monter. Armé de la notice, je tente de me concentrer là-dessus. J'aimerais que cette construction soit gigantesque et difficile, qu'elle dure le plus longtemps possible, jusqu'à ce que mon cerveau se transforme en pâte modelable et que je m'endorme profondément.

J'ai espéré le retour de Sophie. Et moins les articulations du cadeau s'emboîtaient, plus ce désir grandissait. Je n'ai pas voulu dire à Alice la décision que je venais de prendre.

À quoi bon faire souffrir les gens qu'on aime.

24

Et j'ai vu les avions s'en aller. Ils n'arrêtent pas de partir, les uns après les autres, comme des adolescents qui auraient tout compris à l'affaire. Je suis debout, démuni devant ce beau spectacle avec Denis à mes côtés. L'après-midi, il avait sucé un Suédois qui ressemblait à un « arbitre de Roland-Garros ». Pour le reste, son accident au Harry's avait changé pas mal les choses. La vie ne sera plus jamais comme avant puisque Denis arrête de boire. J'ai la sensation qu'il me quitte un peu par une telle démarche. Pourquoi cesse-t-on un jour d'aimer les gens ? Impossible à comprendre. Je meurs à chaque fois que ce truc arrive. Roissy, c'est bien. À Roissy, les gens s'aiment et c'est bien. Ils se retrouvent et quand ils se disent au revoir, c'est en jouant à ceux qui n'y sont pour rien, comme si c'était à l'aéroport que revenait la faute. Alors, du coup, c'est plus fort qu'eux, ça devient lyrique et même assez beau.

Denis arrête l'alcool et cette nouvelle me déprime plus que tout au monde. Nous trouvons une table et deux chaises en aluminium. Le serveur prend la commande et je reconnais le jeune comédien congédié du studio. Je tourne les yeux vers le double vitrage et articule : « Un pur malt sans glace s'il vous plaît. » Je croise les doigts mais Denis demande quand même un Perrier menthe. Et je trouve ça tellement dégueulasse, toute cette menthe en perspective, que j'ai envie que ça se termine. Je claque :

« Merde Denis, si même toi, tu arrêtes de boire. Qu'est-ce que je vais devenir ?

— C'est bien ça le problème. T'as jamais été foutu de penser seulement à ce que tu allais devenir.

— ...

— Ça s'appelle l'égoïsme et c'est assez chiant, au bout du compte. »

Pour stopper l'hémorragie, je pousse le whisky vers la main de mon camarade, en me disant que l'avion va peut-être avoir du retard, peut-être deux ou trois heures, le temps pour Denis et moi d'être ensemble, de prendre un verre, comme avant, d'échanger des mots qui soient en papier-calque avec nos sentiments.

Le vol arrive presque en avance. Il y a beaucoup de mentons et de doigts de pied qu'on soulève pour apercevoir quelque chose. Moi, je reste courbé. Je sais que Sophie n'est pas du genre à manquer cet avion. Elle débarque dans les premières, bagages en main, mine superbe, étrangement belle. Je fais quelques mètres, avance mes mains pour la serrer comme on serre un être qui vous aurait manqué. Mais le regard se fige. Sophie reste à distance. Elle maîtrise. Son pouvoir s'est considérablement développé. Les ondes régénératrices new-yorkaises, sans doute. Je vais devoir parler, faire face, prendre une décision, la confirmer et dire au revoir aux autres choix. Faire face à Sophie, avoir une chance de vieillir, de rester vivant, sans trop savoir pourquoi. La trouille me gagne. Je sens qu'elle existe, que d'autres le lui ont fait savoir et que ce n'était pas désagréable. La liberté rend les filles plus attirantes.

« Nous ne sommes pas obligés de rentrer ensemble, Gabriel.

— Je sais.

— À toi de choisir, de prendre une décision.

— Allons prendre un taxi. »

Dans la file d'attente, je commence par dire que notre couple n'en est qu'à ses débuts, qu'une aventure de haute voltige nous attend. Sophie ne répond pas. Le chauffeur dépose les bagages dans le coffre. En prenant place sur le siège arrière, j'aperçois Denis, en retrait de la foule. Ses lunettes sont fumées.

Pour la première fois, je m'interroge sur la couleur de ses yeux.

25

Il suffit de faire le tour des choses. Et de prendre une voiture avec Sophie, de se laisser conduire. On se câline sur le siège qui rentre sur Paris. Je croise tous ces quartiers un par un, ces quartiers que je connais tant : une gamine à chaque métro. Nous tâchons d'émettre des projets, Sophie et moi ; passé un certain stade, les projets sont importants, comme les vacances qu'on prévoit pour que l'avenir soit un beau spectacle. Sophie me propose de découvrir New York et je m'entends rétorquer : « Oui, pourquoi pas. »

Le digicode nous ouvre. Elle s'avance vers une poubelle de vieux magazines histoire d'en piquer quelques-uns. Depuis que je la connais, je craque pour cette attitude, malgré l'imposante collection de *Marie Claire* des années soixante-dix qui traîne dans les placards. Elle hésite à prendre un *Psychologie* « spécial femme enceinte », puis le repose. Son poignet gauche porte un nouveau bracelet. Pour savoir si Sophie me cache quelque chose, je n'ai besoin que d'un regard. Je m'apprête à poser la question sur le bracelet. La sale question. Mais un geste de sa part vachement beau me déstabilise. Un geste qui la définit complètement. Elle se repenche, reprend toute la pile de magazines et dit : « Oh, et puis zut, je ferai le tri à la maison. » Les raisons pour lesquelles on aime les gens sont insignifiantes.

Nous montons l'escalier, et peut-être qu'à cet instant précis, sans savoir pourquoi, les marches me coûtent un peu plus que d'ordinaire. Et lorsque j'allume la minuterie, et que je tombe sur Alice, les jambes collées contre le menton, nous matant telle une petite fille entêtée, peut-être qu'à cet instant précis, je crève d'être une vieille HLM dans la banlieue de Saint-Étienne qu'on implose sur-le-champ.

Alice se relève, très digne. Sophie ne la quitte pas des yeux. Moi, je cache mon regard vers la porte, clé en main, en faisant celui qui cherche la serrure. Mais la serrure n'a pas la présence d'esprit de se volatiliser et je dois redresser mon visage. Alice me rencontre l'espace d'une histoire, d'une haine, d'un regret. Je pige qu'elle va se comporter comme une feuille morte dans une piscine en fin d'été : légère, discrète, éphémère.

Elle s'autorise quelques pas vers Sophie, cloue ses yeux dans les siens, l'air sereine : « J'attends votre voisin. Je suis amoureuse. Pourrais-je rester là jusqu'à son retour ? Si dans une heure, il n'y a personne, je partirai. »

Sophie fait non de la tête, que ça ne la dérange pas. Et j'ouvre la porte. Et Sophie entre la première. Et cela ne change rien. Même en seconde position, je ne peux réussir le moindre geste pour apercevoir Alice une dernière fois. À l'intérieur, Sophie trouve l'appart impeccable et m'en félicite. À l'extérieur, l'amour attend. L'amour a dit qu'il attendrait une heure. Et je préférerais que l'amour ne patiente que cinq minutes et qu'il s'en aille. Sur le canapé du salon, Sophie monte sur moi et nous baisons. Et quelques minutes plus tard, après avoir joui, Sophie pleure et moi aussi. Et derrière la porte d'entrée, l'amour pleure aussi.

26

Je ne me souviens plus vraiment. Il y a des choses que l'on se dépêche d'oublier. Je garde le visage de moine intégriste que s'était forgé Jean-François Dubois pour la circonstance. Sa façon maladive de répéter devant les amazones que « la sanction à prendre se devait d'être exemplaire ». La salle de conférence me paraissait trop grande, presque insurmontable. J'avais mal à la gorge.

J'ai souvenir également de Jovar, se penchant contre mon oreille, murmurant que « Frank ne viendra pas » comme une prière, comme pour s'en persuader lui-même. Et je préfère oublier Justin, en rajoutant sur Frank, l'enfonçant comme pas possible, histoire de plaire aux amazones et de sauver ce qui lui servait de petite peau.

Il n'a pas frappé. Il a ouvert directement. Et pas qu'un petit peu. La table a émis un léger sursaut. Pourtant, le diable avait encore maigri. À cette vitesse-là, il allait disparaître demain matin. Direct, il s'est dirigé vers moi, a déposé sa bouche près de mon oreille :

« Ne fais pas cette tête-là, Gabriel. Imagine-toi dans dix ans, on en rigolera. »

Il avait une chemise entrouverte et l'on voyait son torse, ses veines, ses taches de rousseur, son squelette. Un mutant. Il s'est placé devant le tableau, juste derrière Jean-François Dubois. Puis, il a pris sa respiration, avec un sourire que je lui connaissais maintenant : « L'une d'entre vous désire-t-elle que je lui fasse un chèque pour la rembourser de tous ces vols tout à fait désagréables ? »

Alors, bien sûr, ça s'est mis à hurler dans tous les sens. À taper du petit poing bagué sur la table. On allait le poursuive en justice. Il était malade. Sa carrière était terminée. Il y en avait même une, peut-être encore plus bête, choucroute sur le crâne et petits canaris chez elle, une dont la transpiration n'échappait à personne, salive aux coins des lèvres, qui hurlait : « On va te briser, tu m'entends ! Te briser ! Tu m'entends, te briser ! »

Et Frank était là, les bras en croix, se nourrissant de toute cette bile pour la transformer en plénitude.

Lorsque le silence reprit du service, Jean-François Dubois balança cette salope de phrase : « Quelqu'un a-t-il quelque chose à dire pour la défense de Frank Lespinnasse ? »

Rien, vide, interminable vide. Aucun mot ne sort de ma bouche. Frank s'en va. Je sors et le rattrape : « Eh Frank, t'attendais quoi ? Je t'avais rien demandé. Je te dois rien. T'es qu'un stagiaire, un stagiaire complètement fou. C'est pas mon problème. Ta vie, tes fantasmes, c'est pas mon problème. »

Je tremble. Frank me serre la nuque et colle son front contre le mien. Il dit juste : « Il faut que j'y aille, Gabriel », et s'éclipse comme les adolescences et les êtres de passage.

DANS LA MÊME COLLECTION

★ Anthologies sous la sous la direction de Sarah Champion	Disco Biscuits	5296
	Disco 2000	5798
★ Ambite Renaud	Sans frigo	6599
★ Argento Asia	Je t'aime Kirk	6396
★ Belhaj Kacem Mehdi	Cancer	5153
★ Bernfeld Karin	Alice au pays des femelles	6349
★ Bessora	53 cm	5932
★ –	Les taches d'encre	6348
★ Borel Vincent	Un ruban noir	5737
★ Brite Poppy Z.	Le corps exquis	5295
★ Cathrine Arnaud	Les yeux secs	5155
★ Chérel Guillaume	Les enfants rouges	6563
★ Clo Valérie	Encore un peu de patience	6821
★ Comment Bernard	Même les oiseaux	5541
★ Couao-Zotti Florent	Notre pain de chaque nuit	5540
★ Despentes Virginie	Baise-moi	5294
★ –	Les chiennes savantes	4580
★ –	Les jolies choses *(prix de Flore 1998)*	5460
★ Duran Cohen Ilan	Chronique alicienne	5608
★ Dustan Guillaume	Nicolas Pages *(prix de Flore 1999)*	5903
★ –	Génie divin	6326
★ Eggers Dave	Une œuvre déchirante d'un génie renversant	6530
★ Eudeline Patrick	Ce siècle aura ta peau	6033
★ Fack Rochelle	Les gages	5468
★ Faye Éric	Parij	5156
★ Fille Emmanuel	Arthur la balade du perdu	4784

★ Fischer Tibor	Sous le cul de la grenouille	5298
★ Frédric Claire	Kérosène	4578
★ –	La môme	4862
★ –	Mirror	5467
★ Gran Iegor	Ipso facto	5151
★ –	Acné Festival	6058
★ Gunzig Thomas	Il y avait quelque chose dans le noir qu'on n'avait pas vu	5542
★ –	À part moi, personne n'est mort	6159
★ Holder Éric	L'homme de chevet	4575
★ Jaenada Philippe	Le chameau sauvage *(prix de Flore 1997)*	4952
★ –	La grande à bouche molle	6493
★ King John	Football factory	5297
★ Lapeyre Patrick	La lenteur de l'avenir	2565
★ Le Braz Éric	L'homme qui tuait des voitures	6651
★ Legendre Claire	Making of	5469
★ Lelièvre Marie-Dominique	Martine fait du sentiment	5802
★ Licari Pascal	Grande couronne	5154
★ Mizio Francis	Domo Dingo, la vie domotique	5607
★ –	L'Agence Tous-Tafs	6278
★ Monette Hélène	Unless	5471
★ Moutier Maxime-Olivier	Risible et noir *précédé de* Potence Machine	5537
★ Nobécourt Lorette	La démangeaison	4906
	Substance	6487
★ Paviot Christophe	Les villes sont trop petites	6139
★ Pellerin Pascal	Tout m'énerve	6070
★ Ravalec Vincent	Cantique de la racaille *(prix de Flore 1994)*	4117
★ –	Vol de sucettes, recel de bâtons	4579
★ –	La vie moderne	4842
★ –	Nostalgie de la magie noire	5152
★ –	Un pur moment de rock'n roll	4261
★ –	Treize contes étranges	5799
★ –	L'effacement progressif des consignes	6694

★ Rey Nicolas	Treize minutes	5605
★ Rozen Anna	Plaisir d'offrir, joie de recevoir	5944
★ Ryû Murakami	Les bébés de la consigne automatique	5024
★ Sá Moreira Régis (de)	Pas de temps à perdre	6786
★ Scott Ann	Asphyxie	4893
★ –	Superstars	6194
★ Sif Minna	Méchamment berbère	5470
★ Tong Cuong Valérie	Big	4773
★ Turgeon Alain	Gode blesse	5538
★ Ulysse Louis-Stéphane	Toutes les nouvelles de mon quartier intéressent le monde entier	4577
★ –	La mission des flammes	4953
★ Vargaftig Cécile	Frédérique	3773
★ Wegscheider Alain	Mon CV dans ta gueule	6279
★ Ziegler Luc	Damnation	4901

À PARAÎTRE AU 1ER TRIMESTRE 2004

★ Nassif Philippe	Bienvenue dans un monde inutile	(mars)
★ Paviot Christophe	Le ciel n'aime pas le bleu	(mars)

6813

Composition Chesteroc Ltd
Achevé d'imprimer en France (Manchecourt)
par Maury-Eurolivres
le 05 décembre 2003.
Dépôt légal décembre 2003. ISBN 2-290-32320-9

Éditions J'ai lu
84, rue de Grenelle, 75007 Paris
Diffusion France et étranger : Flammarion

J'ai tiré les rideaux. Ceux de la chambre aussi. Sophie s'est assoupie contre mon épaule. J'avais les yeux fermés. Dans ma tête, il faisait presque noir, il ne restait que la lumière du mégot rouge qui persistait un peu. Elle a tenu le coup quelques heures encore, bien décidée à ce que je ne perde pas connaissance tout à fait. À l'aube, la fatigue a gagné mes muscles, mon cerveau. La lumière était moins violente. J'ai cru voir le mégot tournoyer encore une fois. Puis la lueur s'est dissipée d'elle-même.

Il suffisait d'attendre que le temps passe.

Alors seulement, je me suis endormi.

27

Une journée à dormir. Le soir, Sophie m'offre un dîner calme. Bien qu'à bout physiquement, je propose de faire la vaisselle. Au dernier verre à essuyer, je jette machinalement un œil par la fenêtre. Il est debout contre un arbre, il termine une cigarette. Il ne réagit pas en me voyant. On a l'impression qu'il a toujours été là, à regarder cette fenêtre avec ce beau visage. De la salle de bains, Sophie me demande si j'ai vu sa crème dépilatoire et je lui réponds la vérité, que je n'en sais rien.

J'ai continué à observer Frank, le bout rouge de sa cigarette, lueur fragile, j'ai légèrement accentué l'essuyage du verre à vin. Je suis allé remettre le verre sur la paillasse avec calme, sans le briser, sans me faire la moindre égratignure.

De retour à la fenêtre, j'ai vu Frank m'envoyer un baiser avec la main qui tenait sa cigarette. Cela fit un peu de fumée mais pas très longtemps. Je n'ai pas bougé. Il s'est rapproché de l'immeuble pour me voir de plus près. Puis il s'est éloigné, au beau milieu de la rue, sans se retourner. Vite, je n'ai pu distinguer qu'un dos, une ombre, et ce bout de mégot rouge.

J'ai vu le mégot tournoyer sur lui-même, en l'air un bon moment, et mourir dans le caniveau. J'ai bien fait gaffe à sa trajectoire, aux dernières petites étincelles qu'il effectuait.